GOLDMANN

Paul Guimard

BEGEGNUNGEN

Roman

Aus dem Französischen
von Lilly und Heinz von Sauter

GOLDMANN VERLAG

Die französische Originalausgabe erschien 1967 unter dem Titel
»Les choses de la vie« bei Editions Denoël, Paris

Umwelthinweis:
Alle bedruckten Materialien dieses Taschenbuches
sind chlorfrei und umweltschonend.
Das Papier enthält Recycling-Anteile.

Der Goldmann Verlag ist ein Unternehmen
der Verlagsgruppe Bertelsmann

Umschlaggestaltung: Design Team München
Umschlagfoto: United International
Pictures GmbH, Frankfurt
Satz: Uhl + Massopust, Aalen
Druck: Elsnerdruck, Berlin
Verlagsnummer: 42441
SN · Herstellung: Martin Strohkendl
Made in Germany
3-442-42441-0

1 3 5 7 9 10 8 6 4 2

Für Lison
in ihrem Graben

Die Dinge des Lebens

Der Geschmack der Dinge des Lebens: Ich gebrauche diesen Ausdruck zu Ehren von Valery Larbaud, der ebenfalls das Sprechvermögen verlor, genau wie Baudelaire, etwas mehr als ein halbes Jahrhundert zuvor ... Die menschliche Sprache ließ, als sie sich zurückzog, Larbaud einen einzigen Satz von unglaublicher Innigkeit: »Gute Nacht, ihr Dinge des Lebens.« Dieses umfassende, herzzerreißende Losungswort wurde zum Mittel der Verständigung zwischen dem geschlagenen Dichter und den Menschen, die würdig waren, ihm während der langen Jahre des Stummseins, die er noch zu leben hatte, das Geleit zu geben.

Antoine Blondin
Baudelaire

Erster Teil

...und es kommt mir vor, als ziehe sich die Zeit zusammen, als beanspruche mein Abenteuer insgesamt nur eine elastische, ungeheuerlich ausgedehnte Sekunde, die dann wieder so weit schrumpft, bis sie wirklich nur eine Sekunde ist.

Marcel Aymé
Der schöne Wahn

Bob ist es gewesen, der mich gelehrt hat, wie man Pelztiere fängt. Wenn der erste Schnee fiel, war dafür die beste Zeit. Wir jagten Seite an Seite. Besser als jeder andere kannte Bob die Gewohnheiten des kleinen Raubzeugs und die Methode, wie man es erwischt. Nie wieder werde ich den Geschmack dieser glorreichen Morgenstunden zu kosten bekommen. Bob wußte, wie man sich am besten auf die Lauer legt, nahe am Fluß unter großen Bäumen; sie verbargen den Jäger und standen so verstreut, daß wir das Wild von weitem sahen. Wir gingen gemächlich vor. Ein oder zwei weiße Kaninchen, die der Mühe nicht wert waren, ließen wir ziehen und warteten auf die Spur eines Hudsonotters oder eines Silberfuchses. Bob hatte mir beigebracht, daß die Pelztiere mit geringen Abweichungen das gleiche Verhalten zeigen, alle aber spitze Zähne und flinke Krallen haben. Dennoch verschmähten wir so vulgäre Dinge wie Waffen und Fallen. Es war eine königliche Jagd, mit bloßer Hand. Hatte man das Wild ausgemacht, so ging es darum, es ohne Eile einzukreisen, um es nicht zu erschrecken, es allmählich durch geschickte Manöver auf eine offene Stelle zu treiben, wo es in keinen Bau schlüpfen konnte. Der Rest war eine Sache der Geduld. An Gefahr dachten wir bei dem Spaß, den uns die Treibjagd machte, überhaupt nicht. Das mußte unweigerlich ein schlechtes Ende nehmen. Es nahm an jenem Wintertag 1939 ein schlechtes Ende, als sich die Jagdsaison besonders glänzend anließ. Wir hatten uns auf unsern bevorzugten Platz hinter dem Eispalast auf die Lauer gelegt. Eine frostige Sonne löste sich mühsam aus den Morgennebeln. Ohne rechte Begeisterung folgen wir der Spur eines Ozelots. Wie es häufig vorkommt, ließ unter dem prächtigen Pelzwerk der Gang Jugend und Grazie vermissen. Plötzlich entdeckte Bob – dafür hatte er einen unfehlbaren Blick – eine bezaubernde junge Robbe, die uns vom Cours-la-Reine entgegenkam. Ohne uns zu verständigen – so sehr war unsere Taktik aufeinander abgestimmt – vollführten wir die Einkreisungsmanöver, die uns durch geschicktes Zusammenspiel in die richtige Entfernung von der Beute bringen mußte. Die kleine Kreatur war nicht scheu. Sie hatte sehr blonde Haare und das schmale Gesicht des städtischen Raubwilds. Als sie, unsere

Schliche durchschauend, lächelte, fielen mir ihre kleinen spitzen Zähne auf und machten mir angst. Das hatte seinen Grund. Am gleichen Abend hing Bob den Pelz der jungen Robbe an den Kleiderhaken in seinem Zimmer und ließ sich dann von dieser kleinen blonden und naschhaften Bestie auffressen; monatelang verließ sie unsere Höhle nicht mehr. Die Jagdsaison war beendet, der Wildsteller in der Falle gefangen.

Wir beide zusammen waren damals vierzig Jahre alt. Heute habe ich allein mehr als vierzig Jahre hinter mir. Ein weiter Weg – und was für ein Unterschied!

Jedesmal, wenn ich durch Le Mans fahre, denke ich an Bob, der für immer in diesen traurigen und reinlichen Friedhof verbannt ist, wohin ihn einige Jahre nach unserer letzten Jagd eine amerikanische Bombe beförderte. Er hatte an diesem Tag in Le Mans nichts zu tun, er fuhr durch. Die Bombe hatte an diesem Tag in Le Mans auch nichts zu suchen. Sie fiel rein zufällig. Eine Bombe, eine einzige. Der Pilot hatte sie zweifellos vergessen abzuwerfen. Als er sich dieser Gedankenlosigkeit auf dem Rückflug bewußt wurde, befürchtete er, als nachlässig zu gelten. »Sie schreiben mir hundertmal ab: Ich darf meine Bomben nicht nach Hause zurückbringen.« Er hat sich ihrer scheinheilig entledigt, auf gut Glück. Und zum Unglück von Bob, der gerade vorbeikam. Ich habe nie herausgebracht, warum er in Le Mans war, aber im Durcheinander des Krieges kamen und gingen die Leute ohne jeden Grund. Die Bombe fiel einige Meter von Bob entfernt, der nur einen Sprung bis zum Friedhof machte, wo er sich zwischen einem Schweineschmalzerzeuger und einem Vorarbeiter der Tabakmanufaktur endgültig auflöst.

Ich spielte damals gerade in einem Maquis der Bretagne ein wenig Soldat, und dieser Scheißkerl von einem Piloten traf indirekt auch mich, indem er mir Bob wegnahm. Ein Doppeltreffer. Als der Kummer vorüber war, weil alles vorübergeht, versuchte ich mir neue Freunde aufzupfropfen, um kein Krüppel zu bleiben. Häufig glaubte ich, die Operation sei gelungen, aber nach kürzerer oder längerer Zeit ließ mich eine Abwehrreaktion gegen die Einpflanzung von neuem verstümmelt zurück. Ich habe es dann gemacht wie alle Welt, ich lebe mit Freundschaftsprothesen, die der Sache selbst zum Verwechseln ähnlich sehen.

Seit zwanzig Jahren ist es mir unangenehm, durch Le Mans zu fahren. Außerdem verliert man unsinnig viel Zeit mit allen diesen roten Ampeln.

Ich rauche zu viel. Elf Uhr ... Wenn ich nicht in eine Kolonne von Lastwagen gerate, werde ich wie geplant zum Mittagessen in Rennes sein. Hat man einmal ein gewisses Alter erreicht, so verfettet das Herz vor Erinnerungen. Wenn man so seiner Vergangenheit nachhängt, rutscht man sich selbst gegenüber in eine bedenkliche Nachsicht hinein. Helene wirft mir vor, meine Jugend aufzuschmücken. Sie sagt »zu schminken«. Helene hat die Füße auf dem Boden, und nicht nur die Füße, wenn es sich um bestimmte Dinge handelt. Daß man mit der Jugend einen Kult treibt, ärgert sie. Sie behauptet, ihre Mythologisierung führe zur Senilität. Ich habe es aufgegeben, ihr zu erklären... Übrigens erklärt man niemandem etwas. Man rechtfertigt sich mit mehr oder weniger Überzeugung. Vor allem erklärt man Helene nichts. Anderer Leute Worte bleiben für sie ein verworrenes Geräusch, sie sucht weniger zu begreifen, als das äußere Universum mit ihren eigenen Ansichten in Einklang zu bringen. Jeder Gesprächspartner ist ein potentieller Angeklagter. Seit Jahren, Helene, rechtfertige ich mich, aber du sprichst niemals frei, weder mich noch sonst wen. Du billigst aus Mangel an Beweisen Aufschub zu. Doch hat der Prozeß gegen die anderen nie ein Ende. Ich bin nur ein bißchen weniger »ein anderer« als die andern, ein bevorzugter Angeklagter, der Nachsicht erregt.

Mein Radio geht bei feuchtem Wetter besser. Ich habe Mortreux gesagt, daß ich vor ein Uhr bei ihm sein würde. 160 Kilometer in zwei Stunden; es eilt also nicht. Mir gefällt Françoise Hardy mit ihrer samtenen Stimme, ihrer Art, sich wie ein verkleideter Page zu geben, und ihren »langen Kälberbeinen«. Und dann diese hartnäckige Kopfbewegung, mit der sie den Herzschlag ihrer Puppen skandiert, die sich lieben, die sich nicht mehr lieben, die weinen, die sich umarmen, die sich trennen, die wieder zurückkommen. Sie ist nicht wie diese Schlampen, die mit brünstiger Stimme ihre Mannstollheit hinausblöken.

Das Radio geht bei Regen besser. Die Nässe bringt die Nebengeräusche durch statische Elektrizität leichter zum Verschwinden. Ich denke an Aurelia, ein wenig wegen Françoise Hardy und vor allem, weil es auf eben gemähtes Gras geregnet hat. Der Schauer ist rasch vorübergegangen, jetzt ist es wieder schön. Die Wiesen dampfen zu beiden Seiten der Straße. Wenn ein Geruch nicht nur ein Parfum ist, so erreicht er die geheimsten Bezirke des Gedächtnisses. Er gibt den Erinnerungen die Frische der Neuheit.

Von meinen Volksschuljahren habe ich alles vergessen, die Farbe der Mauern, wo das Pult des Lehrers stand, woraus der Boden war, fast alles, außer dem Geruch der Kreide auf dem Putzlappen an der Tafel. Und dieser unnachahmliche Muff in meinem Federhaltersarg aus Papiermaché! Ich denke an Aurelia. Im Park hatte man das Septemberheu geschnitten. Am Rand der Gräben läuteten die Glokkenblumen wie heute zum Ende der Ferien. Eine

Wolke war geplatzt. Der milde kurze Schauer hatte uns in den Schutz des verfallenen Schafstalls getrieben. Die wiederkehrende Sonne entlockte der Erde den gleichen lebendigen Geruch. Mit 150 durchquere ich die Weiten der Erinnerung. Jeder wird auf seine Weise in die Vergangenheit entführt. Bei mir ist es das feuchte Gras, das Aurelia mit ihrem Pekineserlächeln und dem Anflug von Sommersprossen aus jenem Ferienende auftauchen läßt. Das Land ging auf den Herbst zu, das sah man. Uns öffnete sich der Weg in die Jugendjahre; wir wußten es nicht.

Ich gebe ja zu, Helene, das ist alles banal, wenn man es von der Höhe solider vierzig Jahre betrachtet, fest in den Schalensitz eines Sportwagens geschmiegt.

Aurelia sagte:

»Wann fängt bei dir die Schule wieder an?«

Der Schulrhythmus zwingt den Kindern Trennungen auf, die die Erwachsenen nicht ertragen würden. Man verbringt die großen Ferien Seite an Seite in rüder, brüderlicher Vertrautheit. Dann kehrt jeder nach Paris zurück, nach Orléans oder Nantes, und man muß sich das ganze übrige Jahr mit kleinen Briefchen begnügen, die mit »Mein lieber Pierre« beginnen und kunterbunt von den wichtigen oder nichtigen Wechselfällen des Lebens sprechen, in willkürlicher Auswahl: »Du solltest meinen Kameraden Hervé kennen . . . der Profax in Geo ist ein Rindvieh . . . gestern hat es geschneit, das ist eine Wucht . . . die Eltern haben mir karierte Kniehosen gekauft . . . ich habe kraulen gelernt . . . Sophie hat mir wieder nachspioniert . . . wenn ich beim Abschluß gut abschneide, ist Papa mit dem Fahrrad einverstanden . . . ich habe heimlich *Fantomas* gelesen, wenn ich kann, schicke ich ihn dir . . . nächste Woche schreibe ich dir länger . . . die Eltern sind schief gewickelt wegen der Steuern . . . deine Karte aus Hossegor war phantastisch . . . bei uns ist einer an Typhus gestorben . . . ich fange an, einen Busen zu kriegen . . . ich wollte, wir wären schon in La Barre . . . die Mathe hängt mir zum Hals heraus . . . du hast dir mit der Antwort Zeit gelassen . . . ich habe einen schauderhaften Film gesehen . . . Hervé ist doch kein richtiger Kamerad . . .«

Welches Wunder ließ Aurelia und mich im Juli einander gegenüberstehen, ohne daß die endlos lange Pause des Schuljahres zwischen uns die geringste Entfremdung bewirkt hatte, ohne daß sich die rudimentären Gefühle unserer gemeinsamen Kindheit weiter entwickelt hatten? Wir lebten einfach von Ferien zu Ferien, fühlten uns wohl in unserer Haut als Kameraden, in diesem Zustand der Unbeschwertheit, zu dem man nicht mehr zurückfindet, wenn man eine gewisse Schwelle überschritten hat, geborgen in einer Art von Verschworenheit, die um so tiefer war, als sie auf stillschweigendem Einverständnis beruhte. Drei Monate Zusammensein, neun Monate Trennung – welcher blinde Sadismus verdammt die Kinder zu diesem Auseinandergerissenwerden?

»Wann fängt bei dir die Schule wieder an?«

Ihr Kattunkleid war durchnäßt. Die Haare hingen auf ihre schmalen Schultern herab.

»Warum schaust du mich so an? Was hast du?«

Bis dahin, bis zu dieser Frage, war ich ein großer Bengel ohne Probleme. Warum ich sie anschaute? Was ich hatte?

»Ich hab' gar nichts. Warum glaubst du, daß ich dich anschaue? Blöde Gans . . .«

Wie gewöhnlich haben wir gerauft, zum Spaß, zum Aufwärmen. Aber mir war nicht so sehr nach Spaß zumute. Ihr auch nicht. Ich hielt sie so unbeholfen, daß sie mir recht gut hätte entschlüpfen können. Wir kämpften lahm, merkwürdig darauf bedacht, dicht am andern zu bleiben. Dann rührten wir uns nicht mehr. Von Mädchen wußte ich einiges: die Zungenspiele und sonstige Herumfummeleien bei den Schwestern meiner Kameraden . . . Aber Aurelia war kein Mädchen. Sie war mein Bruder, mein Leutnant bei unseren Beutezügen, mein Gefährte in der Ungebundenheit, aber kein Mädchen, keineswegs ein Mädchen.

Und da schwankte nun unser Universum wegen

der Verwirrung, die uns lähmte, hingestreckt auf dem gestampften Boden des Schafstalls, eng umschlungen und stumm in diesem Geruch der späten Heumahd, der mich über so viele Jahre hinweg auf dieser naßglänzenden Straße wieder ereilt. Hundertmal hatten wir unsere Kämpfe so beendet, Körper an Körper gepreßt. Wir standen stets wieder auf, ohne eine Schramme an unserer Seele. Nie waren wir so lange aneinandergeschmiegt geblieben. Die animalische Freude an der Kraftäußerung verließ uns, machte etwas Bedrohlichem Platz, das uns erdrückte. Aurelia blickte mich nicht an.

»Du bist blöd. Ich mag dich nicht.«

Aber sie machte keinerlei Anstalten, sich von mir zu lösen. Wir waren seltsam erschlafft. Und dieses ungeheure Pochen des Herzens in unseren Ohren! Ich glaube, daß ich zitterte. Ich weiß, daß ich zitterte, nicht aus Angst oder Kälte, sondern vor Überraschung. Um diesen üblen Zauber zu brechen, hätte es Mut gebraucht, oder wenigstens ein bißchen von dem Geschick, dessen Kunstgriffe wir später in dem Zimmer des Quartier Latin erlernten, wo wir uns weiter gemeinsam an das Studium der Rechte und an die Erfindung der Welt machten ... Dieser Geruch von feuchtem Gras in der Sonne bringt mich unweigerlich zu jenem fragwürdigen Augenblick zurück, in dem wir unsere Kindheit verrieten und eng umschlungen liegenblieben, ohne uns weiter zu wagen.

In dem verworrenen Aufruhr schwamm ein Gefühl an der Oberfläche: die Beschämung. Oder vielleicht die Entrüstung. Wir hatten eben eine Verwandlung vollzogen, einen Pakt gebrochen. Wir konnten nichts tun, als unsere Zustimmung zu dem ungewöhnlichen Erlebnis, das uns bestürzte, verweigern. Weder Moral noch Scham ließ uns in dieser liegenden Haltung erstarren. Die Zeit gegenseitiger Erforschung war schon lange vorbei. Aurelia hatte von mir die Eigenheiten der männlichen Bauart gelernt, und unsere heimlichen Badeausflüge in den Teich von La Barre hatten mich über die sichtbare Erscheinung des weiblichen Mysteriums unterrichtet. Aber unsere Neugier reichte nicht über Albernheiten hinaus. Nichts hatte uns auf die klebrige Schwere vorbereitet, die uns niederhielt. Wir taten nichts Verbotenes, und wir waren schuldig. Mit der Unschuld war es vorbei. Ganz tief innen waren wir sehr unglücklich.

Ich weiß, daß es mit den Erinnerungen so geht wie mit den Lichtquellen, sie flimmern um so mehr, je entfernter sie sind. In entsprechender Entfernung unterscheidet man einen Stern nicht von einer elektrischen Lampe. Dennoch bin ich sicher, daß diese zwielichtigen Minuten im Schafstall auch weiterhin in meinem Leben mehr bedeuten, als ich sagen könnte. Wir haben nie davon gesprochen, Aurelia und ich, nicht einmal im Spaß. Ein sicheres Zeichen, daß wir ihre Bedeutung und Verletzlichkeit ahnten. Ich zweifle nicht, gelegentlich erinnert auch sie sich daran, in den Armen ihres jungen Generals – jung für einen General –, der sie mir mit einem Handstreich entführte.

Tatsächlich würde ich ohne diesen beharrlichen Geruch des geschnittenen Grases nicht an Aurelia denken. Sie ist anscheinend glücklich mit ihrem Soldaten. Die Nachrichten ... also bin ich fünf Minuten zu früh dran. Also werde ich pünktlich bei Mortreux sein. Er wird wieder einmal die Rolle des bescheidenen Provinzadvokaten spielen, der den Pariser Staranwalt empfängt. Seine Frau wird ein Bankett vorbereitet haben wie für die erste Kommunion. »Du weißt, mein Alter, ganz ohne Umstände.« Weil er das Gegenteil von einem Dummkopf ist, wird er mir geschickt begreiflich machen, daß er die Akten besser kennt als ich ... »Und koste doch mal diesen Armagnac, aber ja, gewiß, wir haben genügend Zeit, Präsident Sowieso hat mir versprochen, daß er die Verhandlung nicht vor sechzehn Uhr ansetzen wird ...« Mit fünf Kilo mehr und zwei Kindern weniger wäre Lucienne Mortreux noch hübsch.

»... Wir sind jetzt in der Lage, einige Einzelheiten über den Selbstmord des Produzenten Robert Alan zu veröffentlichen ...« Ganz Paris spricht seit gestern von nichts anderem. Gewisse Todesfälle erregen Aufsehen. Man wird mich als seinen ständigen Gegenanwalt interviewen. Das erste Mal, als ich in einem Prozeß seinen Gegner vertrat, das war ... es ist schon lange her. Ich war Zivilkläger in einem verrückten Fall von Gemeinschaftsproduktion. Ich kam ihn teuer zu stehen. Am Abend nach dem Urteil hat er mich zum Essen ins *Véfour* eingeladen. Um mir zu sagen, daß er mich hervorragend gefunden hat. Das war weder Pose noch Herausforderung. Durch den Prozeß kannte ich seine Verhältnisse und den genauen Stand seiner Geschäfte. Ich habe gewettet, daß er es nicht schaffen wird. Er hat gelacht.

»Was schaffen? Keine Partie ist vor der letzten Karte gewonnen. Napoleon war der Herrschaft über Europa nie näher als am Morgen von Waterloo. Ich werde mich von Bankrott zu Bankrott bis zur Höhe der Türme von Notre-Dame emporschwingen, von wo aus man einen sehr guten Ausblick auf die Tour d'Argent hat.«

Ich habe mir die Antwort verkniffen, daß bei diesem Spiel der Flug des Adlers rasch dem eines Fasanen gleicht. Ich fand die Unbekümmertheit seines Vorpreschens sympathisch. Hinter der Fassade des gewiegten Schauspielers erriet man eine sehr lebhafte Neigung zu menschlicher Wärme.

»Wenn es möglich wäre, würde ich Sie als Anwalt nehmen. Lassen wir das. Bleiben Sie mein bevorzugter Gegner, aber denken Sie daran, daß ich es nie als schweren Schlag betrachten werde, die Millionen anderer und mein letztes Hemd zu verlieren ... Wenn ich eines Tages schlappmache, so aus ernsthaften Gründen.«

Ich konnte es nicht fassen, nach diesen zu fragen. Er lächelte. Nicht sein berühmtes »unwiderstehliches« Lächeln, das die großen internationalen Finanzhaie dazu brachte, ganze Fabrikkomplexe für *Ali Baba gegen Kleopatra* zu verpulvern, sondern die Andeutung eines Lächelns, das schamhaft war wie eine Entschuldigung.

»Sie wissen, mein Lieber, es ist nicht vorauszusehen, wo leichtlebige Menschen ihren Schwerpunkt haben.«

». . . Robert Alan, der mit unzähligen finanziellen Schwierigkeiten kämpfte, hat sich gestern durch einen Schuß ins Herz vor der Tür eines Starlets getötet, das die Beziehung zu ihm abgebrochen hatte. Man glaubt, daß . . .«

Also war das Herz der Schwerpunkt dieses Tänzers auf dem Drahtseil. So viele Arme, so viele problemlose Betten standen ihm offen! Und das alles, um schließlich vor der geschlossenen Tür eines Mädchens zu enden, von dem jeder sich fragen wird: »Was hatte sie, das die anderen nicht hatten?« Offenbar nichts, außer daß sie allein – für ihn allein – in einer leeren Welt den einzigen unerträglichen Mißerfolg darstellte. Auch eine Art, seine Seele zu retten. Bei der Heimkehr muß ich auf eine wütende

Auseinandersetzung mit Helene gefaßt sein, die mir in ihrer unerschütterlichen Art diesen Selbstmord auf die einfachsten Formeln bringen wird. Für den armen Alan wird das posthum eine üble Viertelstunde sein. Ich rege mich nicht sehr über die jungen Leute auf, die »Hand an sich legen«. Sie gehören nicht mehr zu meiner Kategorie. Aber der Schritt eines Mannes in meinem Alter, der lieber die Ausgangstür wählt als ein Abstellgleis, fasziniert mich um so mehr, als ich ihn mir nicht vorstellen kann. Ich kenne einige, die dazu bereit waren und die der Tod nicht angenommen hat. Sie scheinen mir für immer durch ein unsichtbares Siegel abgestempelt. Ich wünschte, daß einer von ihnen den Mut oder die Möglichkeit hätte, mir auch nur das geringste über seinen Geisteszustand im Augenblick seines Entschlusses mitzuteilen. Ist es wirklich eine freie Entscheidung oder die Folge einer unheilbaren Müdigkeit? Entschließt man sich wirklich zu sterben, oder genügt es, dem unmittelbaren Gedanken daran Raum zu geben? Ohne Zweifel ist das Bewußtsein des Faktischen schon weit über alle Zufälligkeiten erhaben. Wenn sich die Seele an die schwindelerregende und verlockende Vorstellung des Nichts gewöhnt hat, genügt es, das Tier zu töten. Aber blickt man gerade in diesem Augenblick, zumindest geistig, in einen Spiegel? Tritt man einen Schritt zurück, um sich Adieu zu sagen? Bei allen nach einem

Selbstmordversuch Geretteten bleibt unweigerlich ein toter Bereich zurück. Man wird nicht wieder als Ganzes lebendig. Man läßt auf der anderen Seite der Grenze einen Teil seiner selbst zurück – aber welchen? Robert Alan hat sich nicht verfehlt. Dieser Tod paßt besser zu ihm als ein Tod durch Lungenkrebs. Ich rauche zu viel. Ich rauche im Wagen immer zu viel. Die Senatspräsidenten haben es nicht gern, wann man ihnen ins Gesicht hustet. Bevor wir mit der Vorspeise zu Ende sind, wird Mortreux sagen: »Ich, mein Alter, habe mir schon vor zehn Jahren eines schönen Morgens gesagt: Mein Guter, du steckst in keiner guten Haut, du hustest; und bums, habe ich mich entschlossen, kurzweg aufzuhören.«

»Die Pistazien haben dir dabei geholfen«, wird Lucienne Mortreux erklären.

»Das ist wahr, die Pistazien helfen, aber vor allem ist es eine Frage des Willens. Jetzt kannst du mir eine Packung Zigaretten unter die Nase halten, das macht mir nichts aus, nicht mal Zigarren ...«

»Und wie gern hat Paul früher Zigarren gehabt«, wird Lucienne Mortreux sagen: »Nicht wahr, Paul, du warst ganz versessen darauf ...«

Sie werden sich mit dem rückblickenden Stolz zweier alter Kämpfer ansehen. Wenn die Konversation zu stocken droht, werde ich anknüpfen: »Es ist ganz leicht, mit dem Rauchen aufzuhören, ich habe es schon wenigstens zwanzigmal getan.« Bei diesem Scherz, der so alt ist wie der Tabak, werden sie lachen, denn für sie ist es eine ausgemachte Sache, daß ich »ein verrücktes Haus« bin.

»Ernsthaft«, wird Mortreux sagen, »es ist eine Frage des Willens.«

Das ist seine Lieblingsphrase. Er baut sein Leben auf den geduldigen Einsatz kleiner Willensanstrengungen auf, was ihm keine Zeit läßt, einen Charakter zu entwickeln.

Mit ein bißchen Entschlossenheit könnte ich heute abend wieder in Paris sein. Die Verhandlung wird um fünf oder sechs Uhr zu Ende gehen. Aber ich werde heute abend nicht mehr nach Paris zurückfahren. Jeder Grund wird mir recht sein, um herumzutrödeln, bis jemand sagt: »Es ist schon etwas spät, um heute abend noch nach Paris zu fahren.« Ich werde mit zweifelnder Miene auf meine Uhr blicken, bevor ich feststelle, daß es tatsächlich etwas spät ist. Ich werde Helene anrufen, die meine Vorliebe für alle Arten von Ortsveränderungen nur allzu gut kennt und mir daher mütterlich raten wird, die Nacht über in Rennes zu bleiben, mit der stillen Überzeugung, daß ich meinem alten Laster huldigen würde, nächtlich allein herumzustrolchen.

Es stimmt ja, daß ich nur allzu gern in einer fremden Stadt allein bin, in Rennes oder Kalkutta, darauf kommt es nicht an, nur dieses Vergnügens wegen – und es ist mehr als ein Vergnügen –, zu wissen, daß mich keine Verpflichtung treibt, daß sich der Zufall meiner annimmt, daß das Unvorhergesehene an jeder Ecke wartet, nicht das Abenteuer, sondern das Unvorhergesehene, das nicht Vorherzusehende, die wundervolle Verfügbarkeit, die vom täglichen Leben auf das knappste reduziert wird. Aber ich werde an diesem Abend nicht verfügbar sein und fürchte sogar, daß ich mir nach einem Wildwestfilm, einem garnierten Sauerkraut und einem Krimi den Luxus gestatten werde zu denken, daß ich alles in allem genommen besser getan hätte, nach Paris zurückzufahren. Heuchlerisch schreibe ich einen vulgären Hang zu zeitweiliger Einsamkeit auf die Rechnung der Nachtschwärmerei.

Tatsächlich bin ich weniger heuchlerisch als unsicher. Und weniger unsicher, als zwischen zwei widersprüchlichen Sicherheiten schwankend. Ich kann mich nicht von Helene entfernen, ohne in eine Leere zu stolpern, die durch ihre Abwesenheit entsteht, aber andererseits ertrage ich manchmal ihre Schärfe schlecht, ihre ätzende Art, die einen unablässig verschleißt und durch unmerkliche Demütigungen Schrammen am Herz zurückläßt. Ich zögere, aus Feigheit, aus Zärtlichkeit, weil sie eine höchst rauhe Schale hat, aber in ihrer Substanz unglaublich zart und verletzlich ist, und weil der

Kummer dem Veilchenblau ihrer Augen eine blasse Tönung verleiht, die ich nicht ertrage.

Das alles ist eine recht klassische Situation, und daher um so unlösbarer. Wenn es in persönlichen Gleichungen nur zwei Unbekannte gäbe, wären die Lösungen zweifellos viel einfacher. Ich wollte, meine Bedürfnisse kämen wie bei den Tieren aus dem Instinkt, dann wäre alles klar und einfach und man würde nicht zwischen der Ungeduld oberflächlichen Verlangens und der unklaren Suche nach tieferen Gründen schwanken.

Ich hätte Lust auf ein Glas Bier. Bei den Mortreux wird es kein Bier geben. Aber bis Rennes verkaufen sie in den Bistros nur eine viel zu kalte Pisse. Die schäbigste Bar in Ostende oder London ist in der Lage, einen Schoppen mit der richtigen Temperatur zu zapfen. Wenn ich im nächsten Monat zur Verhandlung nach London fahre . . . Ich liebe meinen Beruf nicht mehr, ich ertrage ihn. Übrigens sind alle Ableitungen vom Wort Advokat abfällig, wie etwa Winkeladvokat und so weiter. Ich liebe Helene, aber auch sie ertrage ich. Dennoch habe ich mir Helene und meinen Beruf ausgesucht. Aussuchen ist rasch gesagt. Man sucht sich sein Leben aus wie seinen Wagen, aber im Grunde genommen sind sie alle gleich, die Wahl bezieht sich nur auf Einzelheiten.

Die Lust am Grübeln ist das tägliche Brot der Schlaflosen und der einsamen Autofahrer. Ich habe

Flecken auf den Händen, bald wird man sie nicht mehr für Sommersprossen halten können. Und wenn ich heute abend nach Paris zurückfahre?

Ich rauche zuviel.

Ich habe große Lust auf ein Glas Bier.

So ein Trottel...

Der MG 1100 fährt mit 140 in die breite Kurve bei dem Ort mit dem bezeichnenden Namen La Providence. Das Profil der Straße erlaubt diese Geschwindigkeit. Die Kurve ist angemessen überhöht, die Sicht ausreichend. Die gelben Punkte, die die drei Fahrbahnen der Straße begrenzen, vereinen sich am Beginn der Krümmung und verschmelzen zu einem einzigen durchgehenden Strich, der das Überholen verbietet. Für den MG ist es eine Rechtskurve. Für den Fahrer genügt es also, nach innen zu ziehen und seine Bahn leicht anzuschneiden, wenn er spürt, daß sein Wagen zu stark dem Trägheitsgesetz folgt, das bestrebt ist, ihn nach links zur Außenseite zu treiben. Der Boden ist vom letzten Regenschauer noch feucht, da und dort haben sich Pfützen in den leichten Vertiefungen der Straße gesammelt. Aber kein Schild zeigt eine Schleudergefahr an. Dieser Teil der N 13 ist gut ausgebaut. Der Fahrer hat gerade nach einer Zigarette greifen wollen, dann aber darauf verzichtet, um beide Hände frei und am Lenkrad zu behalten. Aus dem Radio ertönt ein altes Chanson von Charles Trenet: *Revoir Paris.* Die Sonne leuchtet wieder wärmend über einer Gegend, in der mehr und mehr das Braun vorherrscht. Die Straße scheint in beiden Richtungen frei zu sein. Tatsächlich fährt am andern Ende der Krümmung ein von Saint-Brieuc kommender schwerer Lastwagen ebenfalls in die Kurve bei La Providence ein, aber der Fahrer des MG kann ihn noch nicht sehen. Er pfeift den Refrain von *Revoir Paris* mit. Er ist ein Mann von fünfundvierzig, von dem man noch nicht sagen würde, daß er »noch« jung ist. Sein kantiges Gesicht hat den Goldton der Urlaubsbräune bewahrt. Über der Stirn lichtet sich kaum merkbar das dunkle, kurzgeschnittene Haar. Der Mund ist gerade und bestimmt. Die Falten in den Augenwinkeln deuten eher ein Lächeln als Nachdenklichkeit an. Der Körper schmiegt sich bequem in den geräumigen Schalensitz, zwar unbewußt aufmerksam, aber mit jener gelösten Lässigkeit, die aus langjähriger Vertrautheit mit immer gleichen Handgriffen kommt ... Die fest auf dem Lenkrad ruhenden Hände übermitteln durch automatische Reflexe die Korrekturen, die nötig sind, um den Wagen möglichst auf der idealen Kurve zu halten. *Revoir Paris ... un p'tit lalalala ...* der Fahrer lächelt, weil er falsch mitsummt. Das Lächeln bleibt auf seinen Lippen hängen. Der Wind, der durch die Lüftungsklappen pfeift, bringt die verdächtige

Schwüle eines fernen Gewitters. Die Landschaft riecht gut. Bei diesem Tempo werden die rund zweihundert Meter der Kurve im Handumdrehen zurückgelegt sein. Dem Fahrer bleibt nicht die Zeit, sein Lächeln auszulöschen, als er murmelt:

»So ein Trottel.«

Auf zwei Dritteln der Kurve schneidet eine Nebenstraße die N 13. Ein Stopschild schärft Benutzern ein, vor der gefährlichen Kreuzung anzuhalten. Ein Kleinlastwagen für Viehtransporte bleibt mit seiner Ladung von Schweinen am Rand der Hauptstraße stehen. Zu seiner Linken ist der MG, er fährt rasch, ist aber noch weit. Zu seiner Rechten kommt aus der andern Richtung der schwere Lastwagen, der näher ist, aber zwanzig Tonnen schleppt und wegen der Steigung von sieben Prozent in den Zweiten geschaltet hat. Der Fahrer des Viehtransportes findet, daß er noch Zeit zum Überqueren hat. Er legt den Ersten ein und fährt los. Das ist der Augenblick, in dem der Fahrer des MG sagt:

»So ein Trottel!«

Die Mechanismen des Gehirns haben in einem winzigen Sekundenbruchteil vermerkt und beurteilt: Nichts Aufregendes an den Gegebenheiten. Der Transporter hat beinahe Zeit zum Überqueren. Er ist mehr als hundert Meter von dem MG entfernt, aber bei 140 km/h nähert sich ihm dieser in jeder Sekunde um etwa vierzig Meter. Der Spielraum ist nicht sehr groß, das »beinahe« strittig. Dennoch weiß der Fahrer des MG, daß es nicht unbedingt nötig ist zu bremsen. Es genügt, wenn er den Fuß ein wenig vom Gashebel nimmt, die bloße Verzögerung verringert schon das Risiko, zu knapp am andern vorbeizufahren. In seinem Unterbewußtsein zeichnet sich schon die Reihenfolge der weiteren Handlungen ab: Die Geschwindigkeit auf 100 oder 110 sinken lassen, beim Transporter angekommen in den Dritten schalten, ein paarmal böse hupen ... das ist alles. Er nimmt den Fuß vom Gaspedal.

Genau in diesem Augenblick kommt dem Fahrer des Viehtransporters seine relative Unvorsichtigkeit zu Bewußtsein. Genauer gesagt, er kommt zu einer andern Schätzung des Komplexes Abstand–Zeit. Gewöhnlich denkt er langsam und schablonenhaft. Die Notwendigkeit, rasch zu handeln, drängt ihn in zwei widersprechende Richtungen, die eine wie die andre ist gezeichnet von beginnender Panik. Zuerst versucht er anzuhalten, dann erscheint ihm diese Lösung als offenbarer Blödsinn, er tritt den Gashebel durch, um die Hauptstraße möglichst rasch frei zu machen. Logische Folge: Der schwer beladene Transporter macht eine Art Sprung, und der Motor stirbt ab.

Der Fahrer des schweren Lastwagens sieht den Viehtransporter mitten während der Überquerung der Hauptstraße stoppen, so daß seine eigene Fahrbahn frei bleibt, also denkt er zunächst, daß der Mann ihm sein Vorfahrtsrecht läßt und erst hinter ihm überqueren wird. Aber fast gleichzeitig entdeckt er von der Höhe seines Führerhauses herab den MG, der direkt auf das Hindernis zuschießt und dessen gesamte nutzbare Straßenbreite, nämlich die rechte Hälfte, verlegt ist. Instinktiv bremst er, um dem Wagen eine Chance zu geben, nach links auszuweichen, vor dem Kühler des Transporters vorbeizukommen und dann wieder nach rechts einzuschwenken. Er bremst also energisch, aber der Schwung seiner zwanzig Tonnen läßt ihn nur sehr langsam an Geschwindigkeit verlieren. Er hupt, was er kann, um die andern von einer Gefahr zu unterrichten, die sie anscheinend nicht bemerkt haben.

Im Viehtransporter sagt der Schweinehändler »Scheiße«, als er seinen Motor quer auf der Hauptstraße abgewürgt hat. Der Lastwagen, der von rechts kommt, beunruhigt ihn nicht allzu sehr, weil er Platz zum Vorbeifahren hat. Aber der kleine Wagen . . . Er zieht krampfhaft am Anlasser, der ersoffene Motor spuckt zuerst, dann läuft er auf drei Zylindern. Auf keinen Fall ist es zu spät. Er kann die Straße nicht mehr freimachen, weil jetzt keine Zeit mehr ist, noch vor dem Lastwagen vorbeizufahren. Eine tierische Angst läßt ihn am Lenkrad erstarren, lähmt ihn, Körper und Geist flüchten in die Erwartung.

Alle diese Handlungen haben sich in einer sehr kurzen Zeit abgespielt. Als der Transporter mitten auf der Straße hält, ist der Fahrer des MG schon seit fast zwei Sekunden mit der Geschwindigkeit heruntergegangen. Automatisch hat sich dabei sein rechter Fuß vom Gaspedal weg in Richtung des Bremspedals bewegt. Das geistige Erfassen der unmittelbaren Gefahr eilt den physischen Reaktionen deutlich voraus. In einem unmeßbaren Sekundenbruchteil werden die Gegebenheiten des Problems formuliert. Der Wagen fährt noch sehr rasch – 120 oder 130 – und befindet sich etwa sechzig Meter vor dem Hindernis. Der Fahrer tritt scharf auf die Bremse, aber zwei Faktoren verhindern die gewünschte Wirkung. Einerseits fährt der MG nicht geradeaus, weil er eben in die Kurve gegangen ist. Andererseits, wie das bei einem Vorderradantrieb häufig vorkommt, sind die Reifen nicht gleichmäßig abgefahren. Das linke Vorderrad bremst ein wenig stärker als das andere und wirkt bei dieser Beanspruchung im gleichen Sinn wie die Fliehkraft, die den Wagen nach der Außenseite der Kurve drängt. Der MG gerät in eine sehr fühlbare Schleuderbewegung, deren Ergebnis eine Drehung um neunzig Grad wäre, hätte der Fahrer nicht in einer zehntel Sekunde reagiert. Man kann sich auf den konditionellen Reflex verlassen. Der Fahrer steuert in dem Sekundenbruchteil entgegen. Der Wagen fängt sich, hat sich aber merklich vom Rand der Kurve entfernt und rollt nun dicht neben der gelben Linie entlang, die die Mitte der Straße kennzeichnet. Beim ersten Anzeichen des Schleuderns hat der Fahrer den Fuß vom Gaspedal genommen und kurz auf das Gaspedal getippt, um das Geraderichten zu erleichtern, und als das geschafft ist, bremst er von neuem sehr stark, fängt aber von vornherein das drohende Schleudern mit der Lenkung ab. Die Geschwindigkeit sinkt auf 100, aber der Transporter ist jetzt nur noch knappe vierzig Meter entfernt. Auf einem noch feuchten Belag und bei dieser Geschwindigkeit hält man nicht innerhalb von vierzig Metern.

Das alles prüft der Verstand des Fahrers, schätzt es ab, und setzt es sogleich in Taten um. Manche Gehirne sind so organisiert, daß die von der Angst hervorgerufene Ausschüttung von Adrenalin merklich später als die Wahrnehmung des Ereignisses, das sie auslöste, zu den Nervenzentren gelangt. Was man Kaltblütigkeit nennt, ist nichts anderes als diese Phasenverschiebung. Die Helden brechen nach der Tat zusammen. Der Fahrer schätzt objektiv die Gegebenheiten des Problems ab, ohne durch die Vorstellung der Folgen beirrt zu sein. Er verliert sich keineswegs in Betrachtungen, die mit dem unmittelbar Notwendigen nichts zu tun haben, seine Fähigkeiten sind im Gegenteil durch die Dringlichkeit aufs höchste gesteigert. Die gewohnten Dimensionen der

Zeit dehnen sich. Unter normalen Umständen hätte er ziemlich lange gebraucht, um den ganzen komplexen Tatbestand festzustellen und einzuordnen. Hier prägt sich alles seinem Bewußtsein sozusagen unvermittelt ein. Der Mann bemerkt sogar eine große Zahl von unwesentlichen Einzelheiten, als wären die Augenblicke, die er hat, um mit einer gefährlichen Lage fertig zu werden, nicht dramatisch gezählt. So wie ein Objektiv in einer zweihundertstel Sekunde (und für immer) die Gesamtheit einer Landschaft sieht, registriert der Fahrer die Menge der Bilder in seinem Blickfeld. Er bemerkt zum Beispiel, daß der Transporter grün lackiert und voll Dreck ist. Daß vor der Tür eines Bauernhauses auf einem Feld zur Rechten Kletterrosen wachsen. Daß sich, etwas weiter entfernt, ein Fohlen im Gras wälzt, daß eine Wolke die Form eines Unterseebootes annimmt, daß ein kleines Kind am Rand eines Wäldchens entlangläuft. Er sieht und denkt mit einer verrückten Geschwindigkeit.

Eine Tatsache: Er kann nicht mehr vor dem Transporter bremsen. Die Schlußfolgerung daraus legt ihm nahe, die gelbe Linie zu überfahren und sich auf die linke Seite der Straße tragen zu lassen, um vor dem Hindernis vorbeizukommen. Er hört zu bremsen auf und schlägt nach links ein. Gerade als er das tut, hört er die Hupe des schweren Lastwagens. Dann, im weiteren Verlauf seines Manövers, bekommt er die andere Seite der Kurve zu Gesicht, die bisher durch den Transporter verdeckt war, und sieht endlich das große Fahrzeug, das ihm entgegenkommt.

Eine Tatsache: Er kann nicht mehr vor dem Transporter bremsen, aber ihm bleibt vielleicht die Zeit, ihn links zu überholen und dann scharf nach rechts einzuschlagen, um den Weg für den Lastwagen freizumachen. Es ist klar, daß dieser bremst, so sehr er kann, um das Manöver zu erleichtern. Er nähert sich trotzdem immer noch zu rasch. Außerdem hat der MG ebenfalls gebremst. Bei 140 war die Möglichkeit gegeben. Jetzt ist es zu spät.

Zwei Tatsachen: Der MG kann nicht mehr vor dem Transporter bremsen und nicht mehr vor dem Lastwagen überholen. Die Möglichkeit ist nicht mehr gegeben und wird zur Unmöglichkeit.

Nur noch zwanzig Meter ... zehn Meter ... im Gehirn des Fahrers arbeiten die Schaltungen mit Lichtgeschwindigkeit. Zwischen einem unbeweglichen Hindernis und einer Gefahr, die entgegenkommt, muß man das nächstbeste, das geringere Risiko wählen. Um so mehr, als es vielleicht eine dritte Lösung gibt. Mit der Bremse eine kontrollierte Schleuderbewegung nach rechts auszulösen und auf gut Glück zu versuchen, den Wagen in die Nebenstraße zu steuern, aus der der Viehtransporter herauskam.

Ein scharfer Tritt auf die Bremse, Einschlag nach rechts. Bei 90 km/h beginnt der MG rückwärts wegzuschwimmen. Auf trockener Straße würde er sich überschlagen, aber die Bodennässe läßt ihn auf den vier Rädern bleiben, während er quer auf den Transporter zugleitet. Es fehlt nicht viel, daß er vorbeikäme. Sein Vorderteil streift das Hindernis nur, aber das Wagenheck prallt schräg dagegen. Es gibt keinen sehr harten Stoß. Der Fahrer des MG sieht einen Blitzschlag lang vor sich das rote, angstvoll erstarrte Gesicht des Mannes im Viehtransporter.

Das ist doch zu blöd. Ich bin vollkommen im Recht. Ich fahre rasch, aber auf einer Straße, auf der man rasch fahren kann. Noch vor einer Minute, nicht einmal einer Minute, hätte niemand behauptet, daß ich zu rasch fahre. So geschehen die Unglücke, durch das Verschulden von Hundskrüppeln, die nicht fahren können. Man wundert sich über die Zahl der Todesfälle auf den Straßen, und da bleibt ein Schweinehändler doch kalt lächelnd auf einer Hauptstraße stehen! Ich würde viel dafür geben, um zu verstehen, was in seinem Kopf vorgeht. Oder vielleicht ist er voll wie ein Ballon – aber doch nicht um elf Uhr früh! – oder ist er verrückt? Die Leute sind unglaublich. Ich hätte zu Beginn der Kurve mit dem Tempo heruntergehen müssen ... Aber wenn man sich nicht mehr auf die Vorfahrt verlassen kann, pfeife ich auf das Auto. Und dann der andere mit seinem Lastwagen, der hupt, als ob ich ihn nicht sehen würde. Er sollte lieber bremsen. Aber er hat das auch nicht voraussehen können. Ich frage mich, wer auf den Gedanken gekommen wäre, daß sich ein Schweinehändler quer über die Straße stellt. Wenn man an so etwas denken müßte, wäre man von Paris nach Rennes einen ganzen Tag unterwegs. Hätte ich nicht gebremst, ich wäre vielleicht mit etwas Glück vor dem Lastwagen vorbeigekommen. Hätte ich andererseits eher gebremst, wäre ich rechtzeitig stehengeblieben! Ich bin vollkommen im Recht und trotzdem in der Klemme. Ich fahre gerade ein wenig zu schnell, der Transporter ist gerade ein wenig zu weit vorn, der Lastwagen ist gerade ein wenig zu nah, die Straße ist gerade ein wenig zu schmal. Und Scheiße! Die Wahrscheinlichkeit steht nicht einmal eins zu einer Million, daß alles so schlecht zusammentrifft, nicht einmal eins zu einer Milliarde, und immer erwischt es gerade einen Menschen, der sich nichts vorzuwerfen hat, der rasch fährt, gewiß, aber nicht übermäßig rasch. Wahrscheinlich wird dann das Gericht entscheiden, daß die Verantwortung geteilt ist, weil man die Herrschaft über seinen Wagen behalten muß. Das Gesetz ist ein Quatsch. Man kann nicht die Herrschaft über Unvorhersehbares behalten. Ich weiß, daß alles anfechtbar ist. Das bedrückt mich ja immer mehr in meinem Beruf. Wenn ich der Verteidiger dieses Schweinehändlers wäre, fände ich Gründe. Die findet man immer. Die Dialektik ist auf die Dauer ermüdend.

Es gibt unweigerlich eine Lösung. Wenn man mit den Gegebenheiten dieses Problems einen Elektronenrechner betraute, würde er es lösen. Unweigerlich! Ich zaudere, weil all diese Dinge für mich viel zu schnell gehen. Raum und Zeit verändern sich wechselweise in einem verrückten Tempo. Wenn ich Zeit zum Nachdenken hätte ... Niemand ist unter diesen Bedingungen zu einer vernünftigen Entscheidung fähig. Ich muß mich aber entscheiden, andernfalls ... Dieser Schweinehändler hat eine richtig stumpfsinnige Fresse ... Adern wie Stricke, blaue Augen, den Mund offen ... Das wird etwas zu lachen geben, wenn man dann den Alkoholgehalt im Blut bestimmt! Er krepiert vor Angst.

Plötzlich auch ich ...

Nachdem der MG den Transporter rückwärts gestreift hat, befindet er sich wieder in der ursprünglichen Richtung und verliert so jede Möglichkeit, in die Nebenstraße einzuschwenken. Seine Geschwindigkeit ist auf 80 bis 70 km/h gesunken. Das seitliche Schleudern hat ihn auf das rechte Bankett der Hauptstraße gebracht. Vom Anprall ist nur das linke

Hinterrad verbogen, aber der Wagen rollt jetzt auf gemähtem, feuchtem Gras, wo die Bodenhaftung fast Null ist. Der Fahrer des Lastwagens, der gerade in diesem Augenblick an den beiden Fahrzeugen vorbeifährt, denkt sich, daß noch alles gutgegangen ist, und richtet seinen Blick nach vorn, ohne sich weiter mit der Szene zu beschäftigen, die er hinter sich läßt.

Die Reflexe des Mannes im MG sind durch die überhandnehmende Angst langsamer geworden, und der Einschlag der Steuerung nach links, der den Wagen auf die Straße zurückgebracht hätte, kommt zu spät. Auf dem Bankett sind in regelmäßigen Abständen senkrecht zur Straße Gräben gezogen, die das Abfließen des herabrinnenden Wassers beschleunigen sollen. Der MG überquert den ersten Graben ohne Schaden, aber es gibt dabei einen Stoß, der den Fahrer aus dem Gleichgewicht bringt. Er klammert sich instinktiv ans Lenkrad, so daß der Wagen den zweiten Graben mit leicht eingeschlagenen Rädern erreicht. In die etwa zwanzig Zentimeter tiefe Rinne eingeklemmt, folgen die beiden Vorderräder mit unerhörter Wucht der Tendenz, sich in Richtung des Grabens zu bewegen, werden fast bis zum maximalen Ausschlag gedrängt, und der rechte Achsschenkel bricht glatt am Ansatz ab.

Der Fahrer wird vom Platz gerissen und auf den Nebensitz geschleudert. Er würde mit dem ganzen

Körper dort landen, hielte nicht der Hebel der Gangschaltung seine Beine zurück. Sein Oberleib rutscht quer auf den rechten Sitz hinüber und er schlägt mit dem Hinterkopf auf die Strebe auf, die die beiden Scheiben trennt. Der Anprall ist hart genug, um eine kurze Betäubung hervorzurufen. Der Fahrer hat das Lenkrad losgelassen. Von nun an ist der Wagen ohne Ausgleich allein den Gesetzen der Trägheit überantwortet.

Mit den im Graben blockierten Vorderrädern vollführt der MG eine blitzartige Drehung, bis das rechte Hinterrad seinerseits in den engen Graben gerät. Da sich der Wagen somit innerhalb eines Sekundenbruchteils quer zu seiner Bewegungsrichtung befindet (und unten wie mit einer Klammer festgehalten wird), ist es unvermeidlich, daß er sich zu überschlagen beginnt. Seine Geschwindigkeit reißt ihn so in die Luft, daß die Seitenwand kaum den Boden berührt. Er fällt schwer auf das Dach zurück. Der Grasboden ist verhältnismäßig weich und mildert den Aufprall, aber die Karosserie trägt erhebliche Schäden davon. Die Längsstreben, die das Dach versteifen, verbiegen sich. Die Windschutzscheibe und das hintere Fenster brechen. Die mehr oder weniger heruntergekurbelten Seitenfenster hingegen überstehen das Eindrücken der Türoberteile. Der Motor, der im Augenblick des Achsschenkelbruchs durchgegangen ist, fällt in der Drehzahl wieder ab. Das noch eingekuppelte unbeschädigte linke Vorderrad dreht sich leer. Charles Trenet singt unbeirrt *Revoir Paris.* Der Schweißpunkt, der die Längsstrebe des Dachs auf der rechten Seite mit dem oberen Rand der Windschutzscheibe verbindet, reißt aus, und als Ergebnis der Verbeulung steht nun in den Innenraum ein scharfkantiger Blechstreifen von der Länge eines Tischmessers vor. Der MG springt wieder hoch, setzt den Salto fort und fällt auf die linke Seite.

Als sich der Wagen überschlug, war der Fahrer, der schlaff quer über die beiden Vordersitze lag, durch sein eigenes Gewicht heftig nach der Beifahrerseite gerissen worden. Die Rollbewegung des MG auf die rechte Seite unterstützte diese Tendenz. Aber wenn auch das linke Bein des Fahrers frei ist, das andere ist festgeklemmt, und zwar steckt der Fuß zwischen dem Gashebel und dem Bremspedal und die Wade liegt schräg über der Gangschaltung. Die Längsmuskeln des Beines ziehen sich zusammen, um dem Druck Widerstand zu leisten. Die Spannung wird so groß, daß das Wadenbein bricht. Dann prallt der MG wieder auf das Dach auf. Durch diese Lageänderung wird das gebrochene Bein frei. Nichts hält den Fahrer mehr fest, er wird gegen das Blech des Daches geschleudert, das sich verformt. Seine schräge Lage bewirkt, daß der Kopf zuerst aufschlägt und die Masse des Körpers auf den verkrümmten

Hals drückt. Der dritte und vierte Genickwirbel werden gegeneinander verschoben und verletzen das Rückenmark. Als der Wagen sich auf die linke Seite dreht, folgt der Fahrer dieser Bewegung, wird aber in Höhe der Schulterblätter von dem losgerissenen Blechstreifen des Dachs harpuniert. Die Spitze bahnt sich zwischen den Knochen einen Weg bis zum oberen Lungenrand und zerfetzt ihn. Dann tritt sie aus dem seitlich herumgeschleuderten Körper wieder aus, und der zackige Rand des Blechstreifens durchschneidet das Fleisch am Rücken von einer Schulter zur andern. Gleichzeitig wird der rechte Arm, der sich, durch die geborstene Windschutzscheibe hängend, außerhalb der Karosserie befindet, und gegen sie gepreßt wird, mehrfach gebrochen, als der Wagen auf die linke Seite aufschlägt.

Am Ende seines Saltos fällt der MG auf seine drei noch ziemlich unbeschädigten Räder zurück, und zufällig steht das Vorderteil in Richtung der Bewegung. Während seiner chaotischen Irrfahrt hat sich der Wagen vom Transporter etwa zwanzig Meter entfernt. Die Achse und die Aufhängung des abgebrochenen Vorderrades (das wie ein Kinderreifen fern auf der Straße dahinrollt) pflügen den Boden des Banketts und bringen den MG erneut in eine Schleuderbewegung. Sie hat jedoch nicht Zeit, sich zu entwickeln. Der nach rechts getragene Wagen gerät auf die Aufschüttung, die jenseits des Grabens auf ein Feld führt. Die Splitter des Zauns fliegen nach allen Seiten. Einer der Balken aus hartem Holz zerschmettert die linke Tür, dringt ins Innere und wird vom taumelnden Wagen mitgenommen. Auf dem Feld wachsen in unregelmäßiger Anordnung Apfelbäume. Durch ein sinnloses Wunder kommt der MG an den ersten beiden vorbei und prallt mit der Mitte des Vorderteils auf den dritten auf. Das ganze Blech wird eingedrückt. Das Chassis hält teilweise stand, aber der von seinen Silentblöcken gelöste Motor und die ebenfalls losgerissene Achse und das Getriebe schieben sich bis in den Wagenkasten. Aus der gebrochenen Benzinleitung strömt Brennstoff auf die heißen Zylinder, verdampft und entzündet sich. Die Radiomusik hört mitten im Takt auf. Der Wagen beginnt zu schmoren. Als der Balken des Zaunes vor dem Feld die Tür zerschmettert, trifft er den Fahrer oben am Schädel und skalpiert ihn, ohne die Knochen zu verletzen. Im Augenblick des Anpralls gegen den Apfelbaum wird der schlaffe Körper durch die klaffende Öffnung der Windschutzscheibe geschleudert und von ihren Splittern zerfetzt. Er streift die unteren Zweige des Baumes, rollt über den Hang und bleibt erst weit von dem brennenden Wagen liegen.

Es sind noch keine zehn Sekunden vergangen, seit der MG unter einer trüben Sonne mit 140 in die große Kurve bei dem Ort mit dem Namen La Providence eingefahren ist.

Mein Anzug ist sicherlich futsch, Mohair läßt sich nicht kunststopfen, ohne daß man es sieht. Ich hätte für die Reise eine Sportjacke anziehen sollen. Helene wird wütend sein, sie hatte diesen Anzug gern. Mir tut nichts weh. Ich bin nicht bewußtlos, weil ich denken kann. Also müßte mir etwas weh tun, und mir tut nichts weh. Ich bin nicht bewußtlos, weil ich ganz klar die Rechtskurve vor mir sehe, die Kreuzung, ich sehe den Viehtransporter, der vor mir auftaucht... Was ist aus diesem Rindvieh geworden? Wenn ich nicht bewußtlos bin, hindert mich nichts, die Augen zu öffnen. Ich muß ganz schön aufgeschlagen sein! Ich erinnere mich nicht, was man tun muß, um die Augen zu öffnen. Gewöhnlich tut man nichts, man denkt nur »ich will die Augen öffnen«, und die Augen öffnen sich. Im Finstern bekommt man es leicht mit der Angst. Immerhin weiß ich, daß mir an den Augen nichts fehlt, sie tun mir nicht weh. Wenn ich blind wäre, würde ich es spüren. Eine Hauptstraße, eine Seitenstraße, ein Stopschild, was braucht so ein Trottel noch? Er kommt von einem Seitenweg auf eine Vorrangstraße, ein Stopschild sieht man doch schließlich, er hat nicht den Schatten einer Entschuldigung. Ich werde ihm seinen Führerschein für eine ganze Weile entziehen lassen. Natürlich ist er bei einer Genossenschaft für, ich weiß nicht was, auf Gegenseitigkeit versichert, und ich werde zwei Jahre auf die Rückvergütung der Reparaturrechnung zu warten haben. Der Wagen muß in einem schönen Zustand sein! Vielleicht läßt er sich nicht einmal mehr richten.

Bevor ich die Augen öffne, muß ich mich sammeln. Ich bin k.o. Ich fühle mich schrecklich schwach. Ich höre noch den Lärm des Unfalls. Es ist übrigens nicht nur ein einziger Lärm, sondern ein Zusammenklang von Splittern, Reißen, Klirren, Dröhnen, Brechen, Verbiegen, ein sehr vielfältiger Akkord.

Ich werde Mortreux anrufen. Was wird Lucienne für ein Gesicht machen, mit den Fasanen, die ihr nun übrigbleiben. Die Jagd hat begonnen, Mortreux hat sicher am Sonntag Fasanen geschossen. Fasanen mit Rotkohl und Forellen in Gelee wie üblich! Sie wird die Forellen im Kühlschrank aufheben können, aber die Fasanen? Arme Lucienne! Ich werde Mortreux anrufen, er soll eine Verschiebung um acht Tage beantragen. Ein Fall von höherer Gewalt. An den Präsidenten werde ich ein paar entschuldigende Worte schreiben.

Ich habe Angst gehabt. Ich habe keine Schmerzen, aber sicher bin ich von oben bis unten voll blauer

Flecken und Schrammen. Morgen wird mir alles wehtun, das ist logisch. Ich bin erschöpft wie nach einer großen Anstrengung. Bevor ich die Augen öffne, muß ich mich ausruhen.

Hätte ich nicht das Hinterteil des Transporters gestreift, hätte ich wohl rechtzeitig den Wagen fangen und am Baum vorbeikommen können. Hinterher erscheint ein Unfall lächerlich ungereimt, unnötig und sehr vermeidbar. Zwei oder drei Sekunden früher wäre ich vorbeigefahren und wäre nicht einmal auf den Gedanken gekommen, daß ich nahe an einer Katastrophe war. Ich würde friedlich in Richtung Rennes fahren. Mein Anzug und der MG wären intakt. Ich hätte bei Mortreux Fasanen gegessen. Diese drei Sekunden habe ich irgendwo eingebüßt. Mitten in Le Mans habe ich bei gelbem Licht gezögert. Wäre ich weitergefahren statt zu bremsen, hätte ich die Zeit der Rotphase gewonnen: fünfzehn oder zwanzig Sekunden. Nein, das ist zu viel, das verändert die Gegebenheiten des Problems völlig. Alles hat sich in zwei Sekunden abgespielt. Ich möchte doch wissen, in welchen.

Dieser Baum, ich habe ihn auf mich zukommen sehen, aber ich wäre nicht imstande zu sagen, was es für einer war. Apfelbaum? Eiche? Platane? Nein, keine Platane. Eine Linde? Wenn ich jetzt im Augenblick über meinen Unfall aussagen müßte, könnte ich nicht sagen, gegen was für einen Baum ich gefahren bin. Ich habe ihn nicht als eine bestimmte Sorte Baum aufgefaßt, sondern nur als Hindernis. Er war schrecklich, ich meine, schrecklich unbeweglich. Ich hätte tot sein können. Ich habe mir gesagt, daß ich mich erschlagen würde. Ich habe gedacht: »blödsinnig« erschlagen. Der MG ist ein guter Wagen. Er hat bis zum letzten Augenblick reagiert. Ich habe am Steuer keine Fehler gemacht.

Die Erde riecht gut nach feuchtem Gras. Mit geschlossenen Augen merkt man das besser. Es ist ein Geruch nach frischem Heu, wie an dem Tag mit Aurelia, außerdem ein Duft nach etwas überreifen Falläpfeln. Sicher war es ein Apfelbaum. Ich empfinde ein gewisses Wohlbehagen, aber ich weiß, daß es nicht andauern wird. Das Gras, die Äpfel und dieser andere Geruch ... in meiner Nähe ... ganz nahe muß ein Büschel von den Blumen stehen, bei denen diese Glöckchen nach unten hängen. Helene würde mir den Namen sagen. Ich nenne sie Akeleien, wegen eines Gedichtes, aber ich irre mich zweifellos, ich irre mich immer bei dem Namen von Blumen.

Ich habe wirklich ganz schön was abbekommen. Ich schwebe und bin doch sehr schwer. Ich habe keine Lust, meine Stellung zu ändern. Ich würde nur gern meine linke Wange wegrücken. Sie liegt auf einem spitzen Stengel. Ich werde das gleich tun, sobald ich ein bißchen Kraft gesammelt habe.

Wagen bremsen scharf auf der Straße. Die Leute sehen Unfälle verdammt gern.

Ich höre eilige Schritte, die sich langsam nähern wie bei Filmaufnahmen mit Teleobjektiv, wo man die Pferde galoppieren sieht, ohne daß sie sich vorwärtsbewegen, was den Anschein erweckt, als strampelten sie am Platz. Im gleichen Augenblick, in dem mir zu Bewußtsein kam, daß ich mich in Gefahr befand, habe ich begonnen, mit großer Geschwindigkeit zu denken, und ich bin immer noch in Schwung. Ich denke abnorm schnell, der äußeren Welt gelingt es nicht, mich einzuholen, und das ist besser so. Ich habe keine Lust zu sprechen, zu erklären, mich zu bewegen. Ich möchte nur meine linke Wange woandershin tun. Ich weiß nicht, ob die Unebenheit, die mich stört, ein trockener Zweig oder ein Steinchen ist. Davon abgesehen, liege ich gut auf dem Gras. Um meine Wange zu verrücken, müßte ich den Kopf heben, dann wäre vielleicht mein Hals nicht mehr so gut gebettet, oder meine Schultern. Man liegt selten genau so, wie man sollte. Ich werde mich etwas später bewegen.

Sie kommen. Sie sprechen. Sie schwatzen unzusammenhängend durcheinander.

»... Feuerlöscher ... geht nicht zu nahe, Georg ... o la la la! ... Sie haben im Fernsehen gesagt, vor allem nicht bewegen ...« Die Leute haben die komische Angewohnheit zu brüllen, wenn sie zu einem Unfall dazukommen. Diesen Reflex, der ihre Verwirrung verrät, habe ich häufig bemerkt. Die Stimmen sind belegt, nicht normal ... »Einen Arzt anrufen ... das tut schon jemand ... tut schon jemand? ... Der Herr mit dem Simca ist weggefahren und telefoniert nach dem Arzt ... Und die Polizei? ... Ja, man muß die Polizei verständigen ...« Was für eine Aufregung! Ich bin der einzige hier, der ruhig ist ... »Konnte nichts machen, mein Motor ist abgestorben ... nicht meine Schuld ...« Das ist offenbar der Schweinehändler. Seine Stimme ist wie sein Gesicht, schwer, fett, schmierig, eine Stimme, die aus dem Hintern zu kommen scheint. Versperrt mir die Vorfahrt auf einer Vorrangstraße, und das ist nicht seine Schuld? Ich werde persönlich dafür sorgen, daß man ihn außerstande setzt, noch weiter Schaden anzurichten. Nicht seine Schuld! ... »Mit einem Feuerlöscher versuchen ... na, hör mal ... nein, Luise, laß die Kinder nicht hinschauen ... nein, man darf ihn nicht bewegen, sie haben es im Fernsehen gesagt ... und die Polizei? ... Wo bleibt sie denn, wenn man sie braucht ... glaubst du, daß er leidet?«

Ich müßte ihnen sagen, daß mir nichts fehlt, und daß sie verschwinden sollen. Es ist sicher besser, wenn mich ein Arzt untersucht, für alle Fälle, aber mir tut nirgends etwas weh. Aber wozu denn einen Feuerlöscher? ...

»Ach verdammt noch einmal, wenn mir der Motor nicht verreckt wäre ...«

»Warum sind Sie mit Ihrem Wagen weggefahren, Sie hätten warten müssen, bis die Polizei kommt ...«

»Ich wollte die Straße frei machen ...«

Es war allerdings Zeit, die Straße frei zu machen! Gar nicht dumm, dieser Schweinehändler, er kann später hoffen, über die Stellung seines Viehtransporters zu streiten, wenn der Unfall sonst keine Zeugen gehabt hat. Tatsächlich gibt es wenigstens einen Zeugen, den Fahrer des schweren Lastwagens. Ich werde ihn leicht finden. Diese Spitze unter meiner linken Wange ... ich bin doch ganz schön zerschlagen. »... Ttt ... bestenfalls Schrott ... geh nicht so nahe, Gilbert, wenn er explodiert ... Ist das ein englischer? ... Das soll man wissen, in diesem Zustand ... Ja, ja, die Polizei ist verständigt ... Es sieht aus, als wolle er sprechen ... Mein Motor ist verreckt. Was ...« Jetzt komme ich dahinter, was mir so sonderbar erscheint. Die Leute sprechen von mir, aber sie sprechen nicht mit mir. Warum wenden sie sich nicht an mich? Ich bin das Objekt ihres Gesprächs. Das Objekt ... Dieser Eindruck ist mir irgendwie bekannt, ich verbinde ihn mit einer unangenehmen Erinnerung. Ach ja! Dieses Lokal in Saint-Germain-des-Prés, die Prügelei mit dem Para wegen Algerien, ich war ein wenig betrunken, er auch, wir haben alles kurz und klein geschlagen ... Dann, bis die Polizei kam, zwischen den Trümmern der Bar, ja, das war genau die gleiche Empfindung, die Leute sprachen von uns wie von Objekten; zwei oder drei Meter von uns entfernt sagten sie: »Nein, der große Braune rechts hat angefangen ... Ja, aber der andere hat ihn herausgefordert ...« Ich hatte plötzlich das Gefühl, von einer anderen Rasse zu sein als die Leute, die »er« sagten, wenn sie von mir sprachen. Ich war beiseite geschoben, wie eben jetzt, ich gehörte nicht mehr dazu, höchstens zu meinem Gegner, dem Para, der in dem Raum mein einziger Nächster geworden war. Ich gehörte nicht mehr zu denen, die keinen Unfall gehabt haben. Deshalb sprechen sie von mir in der dritten Person Einzahl, der unbestimmten. Sie verweisen mich in die Einmaligkeit eines Verunglückten. Ich wollte, es würde mich jemand anreden. Warum läßt man mich allein? ... »Man hat Ihnen doch gesagt, daß der Herr mit dem Simca telefonieren gefahren ist ... War er allein im Wagen? ... Nein, ich habe den Unfall nicht direkt gesehen, aber ich bin gleich hinterher dazugekommen ... Ja gewiß, sehr schnell, sicher mehr als hundert ...«

Natürlich mehr als hundert, auf einer Hauptstraße! Sie gehen mir auf die Nerven. Ich bin müde ... »Achtung, lassen Sie ihn durch ... Platz da ... treten Sie beiseite ... Psst ... So seien Sie doch still...« Endlich schweigen sie. Ihr Geschwätz hinderte mich, die Wagen zu hören, die da drüben auf der Straße noch immer anhalten. Das wird eine hübsche Verkehrsstockung geben. Diese zweite Geräuschebene gewinnt an Bedeutung wegen der unnatürlichen, künstlich geschaffenen Stille. Ich könnte glauben, ich sei taub geworden, wäre nicht da drüben das Geräusch der Wagen. Und dann plötzlich, neben mir, ganz nahe, eine Stimme, eine einzige. Warum spricht er so leise? Ich verstehe schlecht: »Ärgerte... selber als...« Was sagt er: »In nomine patris et filii et...« Diesmal verstehe ich, ich verstehe nur zu gut: »Ego te absolvo a peccatis tuis...« Aber nein, das ist lächerlich, hören Sie auf, sie haben Ihnen weiß Gott was gesagt, entschuldigen Sie, ich brauche Sie nicht, keineswegs, ich werde es Ihnen erklären, das ist grotesk...

Ich will die Augen öffnen. Ich muß unbedingt die Augen öffnen.

Ich habe entsetzliche Angst.

Zwei Gendarmen aus Laval, die mit ihren Motorrädern auf der N 13 patrouillieren, stoppen bei den letzten Wagen, die in der Kurve bei dem Ort La Providence stehen. Dort wissen die Leute von dem Unfall nur, was sich herumgesprochen hat. Jeder Fahrer hat seine Information von seinem Vordermann und hat sie an den Hintermann weitergegeben. Auf dem Weg entlang der Kette der gestoppten Wagen wird der Bericht verschwommen und widerspruchsvoll, immer mehr entstellen ihn die schlecht weitergegebenen oder schlecht verstandenen Einzelheiten. Am Ende der Kolonne erfahren die Polizisten nur unklare Vermutungen. Sie beschließen, sich die Arbeit zu teilen. Der eine wird dafür sorgen, daß die Verkehrsstockung nicht zu neuen Unfällen führt. Der andere steigt wieder auf sein Motorrad, um die Erhebungen durchzuführen. Als er bei dem MG ankommt, raucht dieser noch unter dem Kohlensäureschaum der Feuerlöscher. Die Gefahr eines Brandes scheint gebannt. Nicht weit davon steht eine Gruppe um einen am Boden liegenden Körper. Der Gendarm schiebt die Neugierigen beiseite. Ein Priester, der im Gras kniete, erhebt sich und gibt durch diese Bewegung den Blick auf den Liegenden jetzt völlig frei. Der Polizist kann sich einen kurzen Pfiff nicht verkneifen. Der Mann, der auf der linken Seite liegt, rührt sich nicht. Sein rechter Arm ist zu zwei Drittel zerschmettert. Der Hals bildet mit den Schultern einen ganz unnatürlichen Winkel. Von seinem Rücken, wo anscheinend eine große, tiefe Rißwunde ist, strömt Blut; es bildet eine Lache und sickert in die Erde ein. Aber was dem hingestreckten Körper vor allem ein groteskes Aussehen gibt, ist die haarige Kopfschwarte, die fast völlig heruntergerissen und über das Gesicht geklappt ist, das sie wie mit einem grausigen, blutgetränkten Barte bedeckt.

»Ich habe ihm die Letzte Ölung gegeben«, sagt der Priester.

Der Gendarm sagt unsicher »Danke«, wobei er eine militärische Ehrenbezeugung andeutet und sich gleichzeitig der Albernheit dieser Reaktion bewußt wird. Überhaupt schwankt er, welche Haltung er einnehmen und was er tun soll. Er ist jung und noch nie in die Lage gekommen, mit einer kritischen Situation allein fertig zu werden. Er wünscht seinen Kameraden herbei. Die Leute, die schweigend um ihn herumstehen, warten offensichtlich, daß er etwas tut. Er kann nicht untätig bleiben, aber er muß erst innerlich einen logischen Schlachtplan entwerfen.

»Hat jemand die Ambulanz verständigt?«

»Ja, ein Herr mit einem Simca ist telefonieren gefahren ... Da kommt er übrigens, da ist er ...«

»Ja, ich hab' einen Arzt erwischt, er wird in fünf Minuten mit einem Rettungswagen da sein, ein Glück, daß der Bauernhof Telefon hatte!«

»Schön, sehr gut«, sagt der Gendarm, »sehr gut.«

Fünf Minuten ... er kann nicht fünf lange Minuten, ohne etwas zu tun, so dastehen, mit den Händen am Koppel, dann schlenkern, dann am Koppel ...

»Gibt es Zeugen für den Unfall?«

»Ja ... nein, es gibt keine Zeugen, ich bin gleich

danach gekommen ... Ich auch ... Ich war als erster da, aber ich habe den Unfall nicht direkt gesehen ...«

»Ich habe ihn gesehen, natürlich, weil mein Transporter ...« Der Gendarm kennt den Schweinehändler, das ist ein Mann, der viel in der Gegend herumkommt, wie heißt er doch gleich? Das ist ein ziemlich einflußreicher Mann, der da und dort Freunde hat.

»Ich hatte kaum Zeit, hinzusehen, ich sag Ihnen, er fuhr wie ein Verrückter ...«

»Sie kamen aus der Nebenstraße?«

Der Schweinehändler zieht ein Gesicht. Er hat Zeit gehabt, nachzudenken. Schließlich ist er der einzige Zeuge. Der andere wird nicht in der Lage sein, ihm zu widersprechen.

»Natürlich bin ich vor dem Stopzeichen stehengeblieben. Aber er ist wie ein Verrückter dahergekommen. Nichts zu machen ... Wie ein Verrückter!«

»Eigentlich hatte er Vorfahrt«, sagte der Gendarm.

»Das wird man erst sehen!« sagt der Schweinehändler.

Der Priester mischt sich ein:

»Man muß etwas unternehmen. Der Mann ist sehr schwer verletzt.«

Genau, denkt der Schweinehändler, den hat's erwischt, allerdings.

Dem Gendarmen wäre nichts lieber, als alles mögliche zu unternehmen, aber seine erst kürzlich erworbenen Vorstellungen von Erster Hilfe erscheinen ihm angesichts dieses verrenkten Körpers recht lächerlich. Sein Wissen beschränkt sich auf das Notwendigste, und hier ist offenbar alles notwendig. Unter keinen Umständen bewegen, das haben sie oft genug im Fernsehen gesagt. Er versucht für alle Fälle einmal den Herzschlag festzustellen. Das Herz schlägt, unregelmäßig. Vorsichtig bemüht sich der Gendarm, das Gesicht von der haarigen Schwarte zu befreien, die es bedeckt. Die Umstehenden erschauern. Unter der scheußlichen Perücke, die der Polizist recht und schlecht auf den Schädel zurückstülpt, kommt das Gesicht zum Vorschein, blutig, aber unverletzt.

Langsam öffnen sich die Augen, blicken, verschwimmen wieder, und die Lider sinken wieder herab.

Ich habe schreckliche Angst. Der Sinn der Geräusche und Worte rings um mich wird klar. Ich habe es vorgezogen, sie für zusammenhanglos zu halten, damit ich nicht gezwungen bin, zur Kenntnis zu nehmen, was sie bedeuten. Ich kann es nicht länger abstreiten. Dieser Priester, der neben mir munkelt – in dem Dunkel, in dem ich denke, unterscheiden sich die Geräuschquellen deutlich voneinander –, dieser über mich gebeugte Priester gibt den Wortfetzen, gegen deren bedrohliche Bedeutung ich mich nicht länger verschließen kann, einen plötzlich aufleuchtenden Sinn.

Ich bin verletzt.

Da ein analysierbarer Schmerz fehlt, muß ich mir meine physische Situation geistig vorstellen, weil mich mein Körper, der Hauptleidtragende, nicht darüber unterrichtet.

Man muß der Reihe nach vorgehen, in aller Ruhe. Ego te absolvo a peccatis tuis ... Man hält mich also für so schwer gefährdet, daß man sich mit meiner Seele befaßt. Die Hypothese beruflicher Voreingenommenheit ist nicht auszuschließen. Für einen Priester ist jeder, der wie tot daliegt, ein potentieller Verdammter, und die Letzte Ölung verpflichtet zu nichts. Ich bin vielleicht nur in einem Schockzustand, der die Meinung erweckt, daß ... Die Boxer erzählen, daß bei gewissen Formen des K. o. den Betroffenen die Denkfähigkeit bleibt, während sie dem Anschein nach bewußtlos sind. Diese Erklärung läßt sich vertreten. Aber dann verstehe ich nicht, warum niemand Wiederbelebungsversuche macht. Das ist doch das erste ... Nach allem, was ich höre, scheint man über meinen Zustand nicht im Zweifel. Man sagt nicht: »Was hat er?« oder »Ist es schlimm?« Durch Wortfetzen stuft man mich ein, schätzt man mich ab. Folgerung . . . ? Voreiligen Folgerungen mißtrauen. Ich habe keine Schmerzen, das ist die Gewißheit, an die ich mich halten muß. Ich habe keine Schmerzen und ich kann denken. Das übrige ist nicht so wichtig. Ich komme noch verhältnismäßig gut davon, denn bei näherem Nachdenken bin ich zweifellos der Katastrophe ganz knapp entgangen. Ich bin rasch gefahren. Das war für eine Hauptstraße ohne jedes Hindernis ganz normal, aber ich bin rasch gefahren.

Wäre ich tot gewesen, hätte Helene in meiner Tasche diesen lächerlichen Brief gefunden. Es ist ein unbeschreiblicher Blödsinn, daß ich ihn nicht vernichtet habe, denn er gibt nicht mehr das eigentliche Wesen meiner jetzigen Gefühle wieder, sondern eine Anwandlung ohne tiefere Bedeutung, eher eine schlechte Laune, der ich auf grausame Weise Ausdruck gab. Man müßte alle Briefe dieser Art verbrennen. Aus Anachronismus lügen sie alle. Sie dokumentieren viel zu wandelbare Zustände des Herzens oder des Gemütes, um nicht in dem Augenblick überholt, gegenstandslos zu sein, in dem man den letzten Satz hingeschrieben hat. Ich werde diesen Brief vernichten.

Meine Wange stört mich immer noch. Ich bin feige. Ich schiebe den Augenblick hinaus, in dem ich verstehe, was die Leute rings um mich sagen . . . »O la la la! . . . Nein, laßt die Kinder nicht hinschauen . . . Na hör mal . . .« Diese Worte verwendet man nur unter ganz bestimmten Umständen. Man sagt nicht »O la la la . . .«, man denkt nicht daran, die Kinder fernzuhalten, wenn ein Mensch nur ohnmächtig ist.

Ich habe also eine häßliche Verletzung, und man sieht sie. Wo? Im Gesicht, weil man sie sieht. Verletzungen im Gesicht bluten stark. Es ist möglich, daß meine Wange mehr Schaden genommen hat, als ich denke. Häufig sind Verletzungen zunächst schmerzlos. Eine Wunde im Gesicht genügt, um den Satz zu erklären: Nein, laßt die Kinder nicht hinschauen. Es macht mir nicht sehr viel aus, wenn ich entstellt bin, mein Gesicht hat mich ohnedies nie begeistert. Heute schützt einen die Schönheits-Chirurgie davor, wie ein Monstrum auszusehen. Mir wird eine angemessene Narbe bleiben, mit ein bißchen Glück sogar eine interessante. Jetzt werde ich folgendes tun: tief Atem holen, wie um ins Wasser zu springen, und mich zwingen, die Augen zu öffnen. Mir ist nicht danach zumute, denn ich habe so eine Ahnung, daß mich auf der anderen Seite dieser Mauer von Mattigkeit, die mich schützt, nichts Angenehmes erwartet . . . noch eine Minute, Henker, nachher kann ich nicht mehr zurück. Der Geruch nach Äpfeln und Akeleien geht in einem Gestank nach verbranntem Öl und chemischen Erzeugnissen unter. Sie haben von Feuerlöschern gesprochen, armer MG! Die Wolke, die ich gerade vor dem Unfall am Horizont gesehen habe, glich wirklich einem Unterseeboot. Zweifellos werde ich Schmerzen haben. Warum nicht warten, bis mein Körper mich zwingt, in die Wirklichkeit einzukehren?

Nein, ich verbiete, daß man mich anfaßt. Ich will frei entscheiden können, wann ich wieder auftauche. Lassen Sie mich. Irgend jemand faßt mich an. Eine schwere Hand streift etwas über mein Gesicht, ein Tuch, eher einen Schwamm, ja, einen haarigen Schwamm, mit einer weichen, klebrigen Masse getränkt. Ich sehe. Ich bin nicht blind. Das wußte ich. Ich habe bestimmt gehört: »Ego te absolvo . . .« Aber statt eines Priester beugt sich der Gendarm über mich. Also träume ich. Gendarmen sprechen nicht lateinisch. Der hier sagt nichts. Dieser Ausdruck von Ratlosigkeit, von Mitgefühl paßt nicht zur Uniform eines motorisierten Gendarmen. Ihm scheint in dieser Rolle nicht wohl zu sein. Er ist jung, wohl heuer erst eingetreten, wie aus dem Ei gepellt. Er soll doch seine Hand von meiner Stirn nehmen.

Den andern mit seiner stumpfsinnigen Fresse, den Adern wie Stricken und dem offenen Mund kenne ich. Er stinkt nach Kirschschnaps. Vorhin in seinem Viehtransporter hat er sich nicht durch Intelligenz ausgezeichnet. Ein richtiger Maulheld für die Verhandlung über den Unfall! Er wird abstreiten, sich an die Zuhörer wenden, heucheln, und ich sei zu schnell gefahren und er könne nichts dafür... widerlicher Trottel! Wenn er zwei Sekunden früher bremst, versperrt er mir nicht den Weg. Eine Spanne von zwei Sekunden, und diesen ganzen Blödsinn gäbe es nicht. Ich hasse Zufälle. Dieser Schweinehändler hat ein richtig unheilschwangeres Gesicht. Schafft ihn fort, ich kann diesen vor mir aufgebauten Brocken nicht ertragen, er verhöhnt mich. Er ist für alles verantwortlich, er müßte an meiner Stelle sein mit der kaputten Wange.

Er schaut mich an. In seinen kleinen, rotunterlaufenen Augen unter den buschigen, schiefgewachsenen Brauen lese ich deutlich seine Gedanken. Er blickt mich mit hinterhältiger Aufmerksamkeit an, wie ein Feind. Er überlegt, was er mir antworten wird. Wenigstens könnte er in seine Haltung ein wenig Unbehagen, Beschämung legen. Aber keineswegs, er steht aufgerichtet da, die dicken Beine gespreizt, die Hände in den Taschen. Er mustert mich unverschämt. Er haßt mich. Eine Zigarette hängt an seinen Lippen, er zieht bedächtig daran, ohne mich aus den Augen zu lassen, die mich weiter mit gespannter Aufmerksamkeit mustern. Und ich lese darin sogar eine hämische Erleichterung, das ist es genau, eine eiskalte Bosheit, der stumme Triumph eines Menschen, der Angst gehabt hat. Er erwartet noch eine Bestätigung – wovon? – aber im tiefsten

Innern kostet er eine abscheuliche Zuversicht aus. Erlaubt ihm doch nicht, mich anzusehen, er will mich umbringen.

Der Gendarm nimmt die Hand von meiner Stirn, sie ist rot. Er wischt sie im Gras ab.

Jemand sagt:

»Er hat die Augen geöffnet.«

Die Neuigkeit springt von Gruppe zu Gruppe, von der Wiese auf die Straße, wandert an den haltenden Wagen entlang und lautet am Ende des Weges:

»Sie sind anscheinend zu Bewußtsein gekommen.«

Der andere Gendarm, der sich bemüht, den Verkehr auf der N 13 mit energischen Zurufen und Pfiffen in Gang zu bringen, befiehlt den Autofahrern, »die Straße frei zu machen«. Die Frauen, die den erzwungenen Halt genutzt haben, um sich hinter die Hecken zurückzuziehen, kehren zu den Wagen zurück, wieder einmal überzeugt, daß das Leben der Männer unvergleichlich leichter ist. Der Vorstellungen bewußt, die ihr Gehen und Kommen erregt, begegnen sie mit zürnender Unnahbarkeit den spöttischen Mienen der Fahrer, die das Treiben beobachten; es sind natürlich nur jene, die keine an diesem Hindernisrennen beteiligte Mitfahrerin haben. Die andern heucheln Unachtsamkeit. Die

Wolke in der Form eines Unterseebootes reckt einen Turm in Richtung Sonne und wird sie bald erreichen, schließlich verhüllen. Jemand stellt fest, daß »seit einem Monat nie einen ganzen Tag lang schönes Wetter war«. Bei Situationen dieser Art wenden sich die zufällig zusammengekommenen Fremden mit Vorliebe allgemeinen und unverfänglichen Themen zu, die einen einverständlichen Meinungsaustausch fördern können. Das Wetter von damals, als die Jahreszeiten noch waren, was sie heute nicht mehr sind, ist ein guter Beginn für die Konversation.

Der über den Verletzten gebeugte Gendarm hat geglaubt, daß dieser wieder zu Bewußtsein kommt, aber die Hoffnung bewahrheitet sich nicht. Nach einem kurzen Blick versinkt der Mann erneut in seine regungslose Dunkelheit. Seine Lage im Gras verrät den Ernst seines Zustandes. Der Tote und der Schlafende unterscheiden sich auf den ersten Blick dadurch, daß gewisse Gebärden des letzteren gesteuert sind, und sei es nur durch die Art, wie er Hände und Füße nicht vollkommen entspannt, wie er eine gewisse Wachheit der Muskeln aufrechterhält, die noch im tiefsten Schlummer Leben verrät. Umgekehrt lähmt oder tilgt das Koma jede Kontrolle über den Körper und überläßt ihn seiner trägen Schwere. Der Gendarm weiß das. Er fragt sich, ob es zweckmäßig ist, den anomalen Winkel des Halses zu ändern, den zerschmetterten Arm symmetrisch zum

andern hinzulegen, um die erstarrte Gestik der beiden Glieder zu korrigieren. Vor allem möchte er sprechen, denn er weiß, wie man sich an »das Opfer« wendet, während es ihm dieses Schweigen nicht ermöglicht, sein Bestes zu geben. Er hat daran gedacht, mit dem Verhör des Schweinehändlers zu beginnen, aber abgesehen davon, daß er den Mann am Boden nicht gern allein läßt, so platonisch auch seine Fürsorge erscheint, ist es ihm lieber, sein über die örtlichen Gegebenheiten besser unterrichteter Kamerad gerät in die eventuellen Fußangeln der mündlichen Vernehmung. Er vermutet, daß der Fahrer des Viehtransporters über beachtliche lokale Beziehungen verfügt, während »das Opfer« . . . Dabei fällt dem Gendarmen ein, daß eine Feststellung der Identität nützlich wäre. Rechte Außentasche: Nichts Interessantes, ein Brief an Madame Helene Gerbier, 107, rue de Verneuil, Paris VII. Rechte Innentasche: eine zerbrochene Füllfeder und ein Etui mit Visitenkarten. Der Gendarm schreibt in sein Notizbuch: Pierre Delhomeau, geb. 3. März 1923,
Rechtsanwalt, 7 Quai Voltaire, Paris VII.

Rechtsanwalt: Ein Grund mehr, daß der Kamerad die Verantwortlichkeit teilt. Statt seine Zeit damit zu vertun, auf der Straße herumzupfeifen, wäre es besser, wenn er käme und ihm an die Hand ginge. Der Gendarm blickt zum Himmel, dann auf seine Uhr, und wünscht sehnlich, die Ambulanz möge vor dem drohenden Regenschauer eintreffen. Diese Bewegung regt die kleine, auf der Wiese versammelte Menge dazu an, von den meteorologischen Betrachtungen, die kein Stoff für ein längeres Gespräch sind, zum Thema der Raschheit von Hilfsleistungen bei den verschiedenen Nationen der Welt überzugehen. Aus den dazu geäußerten Meinungen geht hervor, daß Frankreich in dieser Hinsicht einen schandbar tiefen Platz einnimmt, knapp vor Pakistan oder dem Emirat Kuweit.

»Gerade erst letztes Jahr in der Schweiz, nicht wahr, Rosi, und dabei war es ein ganz unbedeutender Unfall...« Es folgt eine Schilderung, die eindeutig beweist, daß in der Schweiz beim geringsten Geräusch eines Blechschadens eine ganze Schar von Rettungswagen aus dem Boden wächst.

Man stellt eindeutig fest, daß die von den Ambulanzen verrechneten Gebühren ein Höchstmaß an Geschwindigkeit voraussetzen würden. So nennt eine Dame eine wirklich ungeheure Summe, die man von ihr verlangte, als ihr kleiner Marcel »unterwegs war« und sie unerwartet im ersten Stock der Belle Jardinière das Fruchtwasser verlor. Sie hatte die Dienste eines vorbeifahrenden Rettungswagens in Anspruch genommen, um sich in die Entbindungsanstalt zu begeben, die nur drei Häuserblocks entfernt war, nicht vier: drei Häuserblocks!

Die Ambulanz platzt in diese Atmosphäre der Mißbilligung hinein. Der Arzt bahnt sich einen Weg und fragt den Gendarmen:

»Was gibt's?«

»Ein Unfall«, sagt der Gendarm und bereut sogleich diesen Gemeinplatz.

Der Arzt unterdrückt die Bemerkung, er hätte niemals angenommen, daß man ihn wegen Volkstänzen bemühen würde, und außerdem sei die Situation durchaus eindeutig. Er kniet neben dem Verletzten nieder. Mehrfache Brüche oder Verrenkungen der Halswirbel ... Am Kopf kann man mit dieser Schwarte nichts sehen ... der Arm ist unrettbar. Roter Speichel in den Mundwinkeln: Lungenblutung, es sei denn, eine einfache Verletzung an der Lippe ... der Puls? Der Puls sehr schwach ... Reflexe: Null! Der Arzt richtet sich wieder auf und verzieht das Gesicht.

»Ist es schlimm?« fragt der Gendarm.

Der Arzt findet es unter seiner Würde, auf eine so blöde Frage zu antworten. Aus seiner Bereitschaftstasche nimmt er eine Ampulle und eine Injektionsspritze. Kampfer für ein Holzbein, aber man muß sich immer an die Routine halten ... Die Augen der Umstehenden wenden sich ab. Vielen von denen, die den Anblick von Verletzungen und Verstümmelungen ertragen oder gar suchen, widerstrebt das Zeremoniell der Injektion. Dann macht der Arzt dem

Träger ein Zeichen, den Verletzten einzuladen. Der Gendarm fragt:

»Begleiten Sie ihn nach Laval ins Krankenhaus?«

»Natürlich«, sagt der Arzt. Dann, zum Priester gewandt: »Unter uns gesagt, Hochwürden, sind eher Sie zuständig für ihn als ich!«

Der Priester macht eine bedauernde Gebärde.

»Mein Kamerad und ich werden Ihnen die Straße frei machen«, sagt der Gendarm.

Dem Arzt ist es recht. Er denkt, daß ihm, wenn keine Zeit verlorengeht, vielleicht noch eine Chance bleibt, den Braten zu essen, bevor er lauwarm und grau geworden ist. Praktischer Arzt auf dem Land zu sein, ist eine erschöpfende Kette von Störungen. Wie oft hat er es schon bedauert, daß er seinerzeit nicht den Mumm hatte, bis zum Assistenzarzt vorzustoßen. Spezialist in einer Provinzstadt, das ist sein Traum, statt nachts über dreckige Höfe von Bauernhäusern zu stapfen oder einen Autofahrer ins Krankenhaus von Laval zu begleiten, der nicht lebend dort ankommen wird. Immerhin, dank der Gendarmen kann er wieder zu Hause sein, ehe die Familie beim Käse ist. Als der Gendarm auf sein Motorrad steigt, sagt er zum Schweinehändler:

»Sie werden wegen Ihrer Aussage wohl aufs Revier kommen müssen.«

Der Schweinehändler ist sehr erleichtert. Die Sache scheint sich nicht allzu übel zu entwickeln.

Zweiter Teil

Diese Suche nach Selbsterkenntnis, nach Erkenntnis, hätte ich früher haben müssen. Wenn ich mich beizeiten darum bemüht hätte, wäre ich vielleicht zu einem Ergebnis gelangt... Wieviel verlorene, wieviel vergeudete Jahre glaubte ich, noch reichlich Zeit zu haben. Jetzt drängt es, es ist die letzte Gelegenheit, und diese Eile ist für das Erforschen nicht günstig.

Ionesco, *Tagebuch*

Als ich das letzte Mal gestorben bin, vor drei Jahren, nach dem damaligen Unfall, hat mich die Tragik meines Heimgangs mehr geängstigt als heute. Ich fürchtete vor allem die Begegnung, die exakte Übereinstimmung makabrer Mythen mit einer Wirklichkeit, an der ich nicht zweifeln konnte. Als ich das Kreischen einer schlecht geschmierten Achse zu hören begann, habe ich mich mit erschrekkender Deutlichkeit an den Geisterkarren, den bretonischen Karrig an Ankou erinnert, der als letzter Toter in der Silvesternacht dazu verdammt ist, ein Jahr lang die Seelen der Verstorbenen einzusammeln. Ich habe Louis Jouvet wiedergesehen, wie er seinen Klepper zu dem verrenkten Körper von Fresnay hintreibt. Es war genau das gleiche Geräusch, das sich mir näherte, und ich dachte verrückterweise, daß mich Louis Jouvet spöttisch und eisig auffordern würde, in seinem Wagen Platz zu nehmen. Ich konnte mich nicht in das Alibi eines Alptraums flüchten. Ich hörte wirklich, eindeutig, das Quietschen der Achsen. Ich wußte, daß ich wach und bei klarem Verstand war, und nichts als eine übernatürliche Erscheinung konnte das Holpern eines schlecht geschmierten Karrens im fünften Stockwerk eines Hauses am Quai Voltaire erklären. Ich mußte also zugeben, daß ich nicht träumte, daß sich mir das makabre Geräusch tatsächlich näherte, daß mir Louis Jouvet im nächsten Augenblick eine bedrohliche Hand entgegenstrecken würde. Ich habe nicht, wie es sich gehört, mein Leben in einer Sekunde nochmals erlebt. Ich habe erstarrt gewartet, bis mich der gelbliche Modergeruch des Begleiters der toten Seelen erreicht und verschlingt. Jouvet hat vor meinem Fenster angehalten, und plötzlich habe ich mich erinnert, daß ich wegen eines banalen Sturzes über eine Treppe in einem Krankenhaus in Tripolis liege. Der träge Araber, der sich von seinem Esel ziehen ließ, fuhr langsam unter meinem Fenster vorbei und nahm in seinem Kielwasser das harmlose Rattern seines Gespanns und mein eisiges Entsetzen mit fort. Mein böser Traum ist gestorben. Ich lebte weiter. Man muß sich auf den umgekehrten Vorgang vorbereiten.

Gewöhnlich sind es die andern, die bei Verkehrsunfällen sterben.

Man wird mich ins Krankenhaus von Laval bringen, wie einen Gegenstand behandeln, vielleicht werde ich sterben. Die Leute, die rings um mich sprechen, ohne zu ahnen, daß ich sie verstehen könnte, scheinen sich über den Ausgang im klaren zu sein. Plötzlich wird der Abstand zwischen ihnen und mir unermeßlich. Dieser Arzt ist nicht fünfzig Zentimeter von mir entfernt, er kreist, Milliarden von Lichtjahren weit, auf dem Planeten der gesunden Menschen, auf der anderen Seite jenes unendlichen Zeitraums von zwei Sekunden, die mich zu Boden geworfen und zerschmettert haben. Zum letztenmal lerne ich wahre Einsamkeit kennen.

Der Schweinehändler zieht an seiner Zigarette. In diesem Augenblick habe ich keinen sehnlicheren Wunsch, als lässig eine Handlung dieser Art zu vollführen. (Gerade vor dem Unfall habe ich, um beide Hände frei zu behalten, darauf verzichtet, eine Zigarette anzuzünden. Werde ich in das Universum zurückkehren, in dem man zerstreut solche Gesten macht?) Dieser Fleischkloß weiß nicht, wie sehr ich mich nach seinen lässigen Bewegungen sehne, nach dem Wunder einer kleinen Tabakwolke, die man wieder zwischen den Lippen hervorstößt, während man an andere Dinge denkt, die Füße übereinandergeschlagen, wippend . . . Und durch seine Schuld bin ich hier von diesen nichtigen Wundern abgeschnitten. Ich glaube nicht wirklich, daß ich sterben könnte. Ich möchte eine Zigarette rauchen. Nein, ich möchte vor allem eine Zigarette anzünden und sie an den Mund führen und dadurch wissen, daß ich noch der Welt angehöre, die ich kenne. Ich möchte auch diesem Schwein von Schweinehändler in die Fresse hauen, der wie eine Wildsau fährt, einen in den Graben drängt und dann noch mit einer in seinen hämischen Saurüssel gepflanzten Zigarette verhöhnt. Ja, das täte ich liebend gern!

Die Gendarmen leisten sich ein Fest von Sirenengeheul. Der Rettungswagen wird gleich losfahren. Ich bin weiterhin unfähig zu bestimmen, in welcher genauen Lage ich mich befinde. Mein Körper übermittelt mir keine Botschaft. Ich bin nur ein geschärftes, aber gebrechliches Bewußtsein, mit nicht mehr Körperlichkeit als ein reiner Geist. Wenn ich wirklich sterben müßte, würde es mir eine Vorahnung sagen. Ich fürchte vor allem den Augenblick, in dem sich der Schmerz in jeder meiner Fasern breitmachen wird und ich nicht mehr anders können werde als wimmern. Es ist ausgeschlossen, daß dieser Augenblick nicht kommt. Sich darauf vorbereiten nützt nichts. Man ist nie bereit zu leiden, man kann sich mit der Zeit daran gewöhnen, aber keine vorherige Übung schützt vor der Benommenheit und der brüllenden Ohnmacht, in die einen der erste Schmerzanfall stößt, um so mehr, als er vielfältig und nuancenreich ist. Alle Spezialisten der Folter wissen, daß kein Mut monolithisch oder aus einem

Stück ist. Nur seine Oberfläche erscheint einheitlich und hart, aber in Wirklichkeit ist er zusammengesetzt, nicht überall gleich widerstandsfähig und anfällig gegen Erosion. Jener des Verrats angeklagte Bursche, den ich vor dem Kriegsgericht verteidigte, wurde während zweier »Verhöre«, bei denen sich arabische Spezialisten an Erfindungsreichtum überboten, nicht schwach.

Mit zerschlagenen Rippen, blutendem Gesicht und gequetschten Geschlechtsteilen hatte mein armer Held achtundvierzig Stunden lang durchgehalten, bis ein psychologisch geschickter Henker dranging, ihm an jedem Fuß die kleine Zehe auszurenken. Dann hatte er gesprochen.

»Verstehen Sie mich, Herr Doktor, ich hatte mich darauf vorbereitet, alles auszuhalten, aber daran hatte ich nicht gedacht, ich hatte mich nicht mehr in der Gewalt . . .«

Ich warte auf eine Folter und weiß nicht auf welche. Mir liegt nichts daran, tapfer zu erscheinen, aber ich fürchte die Häßlichkeit physischer Zusammenbrüche. Was sagen sie?

»Sinnlos, so zu rasen . . . sonst erwischt es uns auch . . . fünf Minuten mehr oder weniger . . . spielt keine Rolle mehr . . .«

Das Sirenengeheul strengt mich an. Ich will bitten, daß man es abstellt. Die Stille wird mir helfen, Ordnung in die Bilder zu bringen, die, kaum, aufgetaucht, wieder zerfallen, in die Gedankenfetzen, die kommen und sich verflüchtigen. Wenn es mir gelingt, das alles zu koordinieren ... Ich brauche nur ein wenig Zeit und Stille ... »Fünf Minuten mehr oder weniger, spielt keine Rolle mehr ...« Ich werde bitten, daß man die Sirenen abstellt. Ich flehe Sie an, bringen Sie dieses Geheul zum Schweigen. Verstehen Sie mich? Wie soll ich mich verständlich machen? Wie soll ich wissen, ob Sie erfassen, was ich sage? Wie soll ich sicher sein, daß ich es wirklich sage? In den Träumen glaubt man manchmal zu sprechen, aber die Worte verflüchtigen sich in der Leere der Traumwelt. Sie, die Sie da neben mir sitzen, bemühen Sie sich doch bitte, mich zu verstehen. Helfen Sie mir. Es würde Sie so wenig Mühe kosten, nicht taub zu bleiben. Ihre Kräfte sind ungeheuer, während es für mich eine übermenschliche Anstrengung ist, die Lippen zu bewegen. Bin ich bereits so weit fort, daß meine Schreie das Ufer nicht mehr erreichen? Und was soll ich aus diesen unklaren Anspielungen entnehmen? Bin ich schon im Begriff zu krepieren?

»Da, er öffnet die Augen«, sagt der Krankenpfleger. Der Arzt, der zerstreut die Gegend betrachtet, wendet seine Aufmerksamkeit wieder dem auf die Tragbahre gebundenen Mann zu. Überraschend, daß er bei diesem Zustand seines Schädels noch die Lider bewegen kann! Zweifellos ein einfaches nervöses Zucken, wenn er nicht alles, was ihm an Lebenskraft geblieben ist, durch eine gewaltige Anstrengung zusammengerafft hat, um es zuwege zu bringen, die Augen zu öffnen. Tatsächlich entdeckt der Arzt in dem Blick, der sich auf ihn heftet, eine Aufmerksamkeit, den Schimmer einer Frage.

»Regen Sie sich nicht auf, mein Lieber, Sie haben einen Autounfall gehabt. Ich bringe Sie ins Krankenhaus. Dort wird man sich Ihrer annehmen.«

Der Arzt sagt das gewohnheitsmäßig, sozusagen privat. Offiziell glaubt er nicht, daß der Mann ihn hören kann.

»Soll ich ihm Sauerstoff geben?« fragt der Krankenpfleger.

Warum nicht? Ja sicher, Sauerstoff . . . Der Arzt wirft sich diese Ernüchterung vor, die er seit einigen Jahren spürt. Früher hatte er aus Prinzip gekämpft, aus Achtung vor den Grundregeln seines Berufes. Zwanzig Jahre als Landarzt sind nicht dazu angetan, die Begeisterung wachzuhalten. Ihm erscheint der Gedanke eine Farce, daß Chirurgen diesen Sterbenden übernehmen werden, daß sie Diagnosen stellen, eine ungeheure Infrastruktur von Bluttransfusion, Wiederbelebung, künstlichem Kreislauf, methodischen, doch vergeblichen Eingriffen bis zur letzten Zuckung der letzten Muskelfaser in Bewegung setzen . . . Man denkt nur noch an eines: verlängern.

Wenn nicht der Mann vor der Einlieferung ins Krankenhaus medizinisch tot ist. Ein Einlieferungsschein oder der Totenschein, der eine erfordert nicht mehr Zeit als der andere.

»Ja, ja«, sagt der Arzt, »geben Sie ihm Sauerstoff.«

Ich habe nie einen schöneren Satz gehört:

»Regen Sie sich nicht auf, mein Lieber, Sie haben einen Autounfall gehabt. Ich bringe Sie ins Krankenhaus. Dort wird man sich Ihrer annehmen.«

Man wird sich meiner annehmen. Also ist noch nicht alles verloren. Man befaßt sich nicht mit einem verzweifelten Fall. Ich werde einige schwierige Tage oder Wochen zu überstehen haben, einige Folgen werden mich später daran erinnern, daß in einer Kurve auf der Straße nach Rennes mein Schicksal von dem Zögern eines Schweinehändlers abhing. Selbst wenn ich mich mit gewissen Gebrechen abfinden müßte, denn schließlich bleibt man heute nicht mehr ein völliger Krüppel, würde ich sie angesichts dieser Begnadigung, die das Schicksal mir gewährt, in Kauf nehmen. Ich hätte ein so zufälliges Ende verabscheut. Ich gehöre nicht zu denen, die sich einen plötzlichen Tod wünschen. Daß man von mir sagen könnte: »Er hat einen schönen Tod gehabt, er hat nichts davon gemerkt«, erscheint mir als das größte Mißgeschick. Der Tod ist eine zu ernste Sache, um ihm so unversehens entgegenzutreten.

Der Gedanke an eine lange Rekonvaleszenz hat seine verlockenden Seiten. Ich möchte endlich wieder Proust oder »Krieg und Frieden« oder ein anderes postoperatives Meisterwerk lesen.

Helene wird auf den Quai Voltaire übersiedeln . . . Nicht vergessen, diesen Brief zu vernichten. Ein hübsches Thema für ein Drama: Eine Frau erfährt durch einen Brief, den ein von ihr geliebter Mann blödsinnigerweise in der Tasche herumträgt, daß er gewillt ist, sie zu verlassen. Dieser Entschluß ist völlig anachronistisch, der Mann hat den Brief vor drei Monaten in einer Anwandlung von schlechter Laune geschrieben. Er hat ihn nicht aufgegeben, weil er ihn für einen Unsinn hält, aber wer wird das jemals erfahren? Nicht die Frau, die mit Bestürzung liest:

Helene! (Ich konnte nicht »Mein Liebling« schreiben oder »Meine liebe Helene«, das wäre zwischen uns grotesk gewesen.) Wir haben beschlossen, nicht zu heiraten, um den Fallstricken der Gewohnheit und sentimentaler Bequemlichkeit, dem traurigsten Zustand für Liebende, zu entgehen. (Unsinn! Diese Angst vor der täglichen Intimität ist reine Engherzigkeit. Wenn ich wieder auf bin, werde ich Helene heiraten.) Aber das ständige Auf-dem-Sprung-Sein, in dem wir leben, wird mir unerträglich. (Und was gäbe es Besseres, durch das ich es ersetzen könnte?) Ich werde schließlich noch einen richtigen, dummen, bösen Streit dieser Anforderung vorziehen, die Dich unablässig auf der Lauer liegen läßt, nach dem, was Du »meine Tricks« nennst. Ich beanspruche das Recht auf Schwäche, manchmal finde ich den Preis erdrückend, den man für jene Höhen zahlen muß, auf denen Du uns halten willst. (Den Preis, den man bezahlen muß, was für eine Krämerrechnung!) Du bist gestreng, Helene, und ohne Nachsicht, was allgemein als großer Vorzug gilt, aber das Leben nicht leicht macht. Wir werden unsere Sommerferien nicht gemeinsam verbringen. (Du siehst, was das für ein Humbug war, denn wir haben uns nicht getrennt!) Ich habe das ganz primitive (wie wahr!) Bedürfnis, Luft zu schnappen und dem Mikroskop zu entrinnen, unter dem Du mich ständig beobachtest. Ich weiß, daß Du mich liebst, und ich liebe Dich auch, aber (dieses »aber« ist schändlich. Ich liebe Dich ohne »aber«, ohne »wenn« und ohne »warum«. Ich liebe Dich wie mein Brot und mein Salz, ich liebe Dich, mein Herz) mir fehlt eine gewisse Unbekümmertheit, ohne die ich schlecht atmen kann. Ich will einmal auch ein wenig unbeschwert sein. Ich kenne Deinen guten Willen allzu gut, um nicht sicher zu sein, daß Du während dieser

Trennung nachdenken wirst. Es steht nur bei Dir, daß sie ein Zwischenspiel bleibt und nicht zum Fallen eines unvorstellbaren Vorhangs führt. (Eine Spur Geziertheit im Stil, eine Prise Erpessung, in seiner Art geradezu ein Musterbeispiel!) Du wirst es feige finden, daß ich Dir lieber schreibe als es offen auszusprechen. Offen aussprechen: Deine bevorzugte Redewendung. Beruflich mißtraue ich den Übertreibungen, in die man bei Stegreifdiskussionen gerät, aber wir wollen uns über das alles unterhalten, wann Du willst. Ich umarme Dich. (Und ich erlaube mir, Ihnen, Sie Schweinehund, einen gewaltigen Tritt in den Hintern zu versetzen.)

Die Frau liest das und ihre Welt gerät ins Wanken. Sie weiß nicht, daß der Mann diesen Brief in einem Augenblick erbärmlicher Gereiztheit geschrieben hat, und er kann es ihr nicht sagen, er wird ihr gar nichts mehr sagen, weil er gerade auf der Bahre eines Leichenhauses immer steifer wird. Die Lüge einer Sekunde wird zur endgültigen Wahrheit. Die Frau steht da, vor diesem Brief, der ihre eigene Existenz bis zu den Wurzeln vernichtet. Sie begreift nichts, außer daß der innerste Kern ihrer früheren Gewißheiten nur Lüge, Zweideutigkeit, Betrug war. Sie entdeckt, daß ihr in diesem Zusammenbruch nicht einmal lindernde Tränen bleiben, und daß ihre blauen Augen in der Trockenheit welken werden. Sie durchmißt die ersten Schritte eines langen, bitteren Weges. Und das alles für nichts, weil der Brief eine durch einen masochistischen Reflex in der Tasche aufbewahrte Falschmeldung ist, ein wenig Schlacke ohne Gewicht, wie die Sätze, die die Kinder am Abend nach einer Schultragödie in ihre geheimen Tagebücher schreiben: »Ich hasse meinen Vater und meine Mutter.«

Ja, genau das ist die Art von schauriger Posse, in der sich das trunkene und boshafte Geschick gefällt.

Das dringendste ist, diesen Brief dorthin zu werfen, wohin er gehört, und die Spülung zu ziehen.

Bei der Ankunft im Krankenhaus werde ich den Arzt um diese Gefälligkeit bitten. Ich will versuchen, einige Minuten zu schlafen, um die Zeit herumzubringen.

Das Geheul der Sirenen läßt mich nicht schlafen. Ich überwinde das Stadium der Betäubung nicht, und unerwünschte Visionen schleichen sich in meine Gedankengänge ein. Das Drama von Jamets Tod hatte ich an den äußersten Rand meiner Erinnerung verbannt, und nun sucht es mich plötzlich heim und drängt sich mir mit einer abscheulichen Kraft auf. Der arme Jamet – mit seinen zu langen Armen, seiner Fistelstimme, seinem schüchternen Erröten und seinem leidenschaftlichen Verlangen, in unsere Bande einzutreten, verleitete er uns dazu, ihn streng zu behandeln. Alle Halbwüchsigen haben solche Cliquen gebildet, die noch nicht die Gangs von heute waren, aber durch einige Losungsworte und die den Bewerbern auferlegte Eintrittsprobe die Geheimbünde nachahmten. Wir wußten recht gut, daß Jamet um der Ehre willen, in unserm Kreis zugelassen zu werden, mit bloßen Füßen über glühende Kohlen gegangen wäre. Ich könnte wirklich nicht sagen, wer auf die Idee dieser irrsinnigen Probe verfallen ist. Als Jamet den Bedingungen gemäß, die ihm gestellt wurden, einen der vor dem Kino geparkten Wagen »auslieh«, hätten wir alle gewünscht, daß er klein beigeben möge. Aber der zarte Jamet gehörte nicht zu denen, die aufgeben, und uns hinderte die Scheu, etwas dagegen zu unternehmen. Ich wollte dazwischentreten, als er in dem alten Citroën (ich erinnere mich noch genau, daß es ein B 14 war) losgefahren ist, ich wollte dazwischentreten, aber ich habe es nicht getan, keiner von uns hatte den Mut dazu. Es hätte zweifellos auch keiner von uns den wahnwitzigen Mut gehabt, den Rumpelkasten auf das Höchstmaß seiner erbärmlichen Geschwindigkeit zu jagen, ihn mit Tacho am Anschlag auf die Kreuzung der sechs Straßen zu steuern und das Pokerspiel zu riskieren, auf sein Glück vertrauend, das Rondell zu überqueren. Ich wußte, daß Jamet bis zum Ende durchhalten würde. Ein Milchwagen fuhr direkt auf ihn auf und zerquetschte ihn zu Brei. Wäre ich heute auf die gleiche Weise gestorben, dann hätten die Eltern Jamets, die ihren Haß gegen uns, die Mörder ihres Sohnes, niemals vergaßen, in diesem Zusammentreffen eine triumphale Vergeltung gesehen und der ausgleichenden Gerechtigkeit gedankt. Wenn sie wüßten, wie wenig der Mann, der heute gestorben wäre, dem sechzehnjährigen Burschen gleicht, der die gemeinsame Schuld an dieser sinnlosen Tragödie zu verantworten hatte! Tatsächlich waren wir unser zwölf in der Bande, wie bei einem Exekutionskommando. Natürlich hoffte jeder, den blinden Schuß gezogen zu haben.

Wenn ich heute wie Jamet gestorben wäre... Wenn ich tot wäre? Um ein Haar hätte ich mich zu Bob auf dem Friedhof von Le Mans gesellt. Zuerst würde er nicht wissen, daß ich dort in einem Grab liege, das dem seinen gleicht. Aber ich würde Gelegenheit finden, eines Nachts, bei irgendeinem Totentanz, ihn zu erkennen und zu überraschen. Er würde sagen:

»Du bist alt geworden, Pierre.«

»Du, Bob, hast dich nicht verändert.«

»Zwangsläufig.«

»Ja, zwangsläufig, ich habe weitergelebt, das macht alt.«

Und so weiter, wie in einem Stück von Anouilh.

In Wirklichkeit ist es Bob, dem Fallensteller, gegenwärtig egal, ob ich in rosigen Tüchern entschlummere, oder ob ich mich auf dem Friedhof von Le Mans, zwei Schritte von seinen Knochen, auflöse. Und Jamet erwartet mich nicht auf der Schwelle der Ewigkeit, um mir zu sagen:

»Bitte, Delhomeau, sei nett, hilf mir in die Bande einzutreten.«

Ich weiß das, aber in bezug auf den Tod bleibt man von einer unglaublichen Kindlichkeit. Die Abteilung unseres Gehirns, die mit diesem Problem befaßt ist, folgt nicht der allgemeinen Entwicklung des Intellekts. Sie verkalkt auf dem rudimentärsten Niveau. Man gibt sich viel Mühe, um über das Leben, die Liebe, die Gerechtigkeit, die Freundschaft, den Krieg und das Übrige nach Maß gemachte oder wenigstens von den gröbsten Konventionen und Albernheiten befreite Ansichten zu entwickeln; aber wenn man nur ein wenig an den Tod rührt, taucht sogleich das primitive Kind wieder auf, heimgesucht von unklaren Regungen und elementaren Bildern, von den allzu einfachen Visionen einer anderen antropomorphen Welt, die der hiesigen gleicht wie ein makabrer Bruder.

Ich habe Lust auf einen Apfel; nicht auf einen blöden Apfel, wie sie reihenweise in einem Apfelversandhaus aufpoliert werden, sondern auf eine Reinette, die genau den Duft hat, den ich eben auf der

Wiese eingeatmet habe: Mit gelblicher Haut und doch ein paar lebhafteren, fast roten Streifen und dem Beginn einer Sprenkelung, die ihn mit einem hauchdünnen, grauen Schimmer überzieht. Solche Äpfel, und nur solche, krachen und schmelzen gleichzeitig, wenn man hineinbeißt, und geben vom ersten Happen an die Quintessenz ihres Geschmacks preis. Das Knirschen der Zähne in einer reifen Reinette, die wilde Lust eines Mundes, der das Fleisch einer Frucht in Angriff nimmt – Aurelia machte das unübertrefflich – welches Gegenmittel gegen jeden Todesgedanken! Ich wäre gerettet, würde mir Aurelia einen Apfel reichen.

Ein seltsames Gefühl überkommt mich, das zur Bewußtseinsspaltung und jener übersteigerten Hellsichtigkeit gehört, die gewisse Krisenzustände begleiten. Mir scheint, als wäre ich mir selbst gegenüber einen Schritt zurückgetreten und als gestatte mir diese ungewohnte Distanzierung zum ersten Mal, mich von außen als Zuschauer zu betrachten. Als Narziß, wenn man will, aber als ein leidenschaftsloser, ein nur interessierter Narziß.

Natürlich kenne ich mich, aber so, wie man die Züge seines Gesichts im umgekehrten Spiegelbild kennt. Anders gesagt, in der Widerspiegelung seiner selbst. Während ich hier von mir abrücke und nun den Vorzug genieße, aus der richtigen Entfernung lesen und entziffern zu können, was einem so lange entgeht, wie Beobachter und Objekt eins bleiben, also für die ganze Dauer des Lebens. Ich lasse mich nicht durch Halluzinationen täuschen, die durch einen nervösen Schock oder irgendein Fieber hervorgerufen werden. Ich bin vollkommen klar. Das ist eine ungewöhnliche und kostbare Erfahrung. Eigentlich ist nichts Aufregendes dabei: Ich finde mich nur unmerklich verändert. Aber manchmal verwandelt gerade die winzige Modifikation eines Details das ganze Bild, das man sich von sich selbst macht.

Mir bleibt wenig Zeit, diese Entdeckung auszuwerten, denn es ist klar, daß ich sterben werde. Ich weiß es seit dem Augenblick, da ich das vor Angst erstarrte Gesicht des Schweinehändlers am Lenkrad seines Viehtransporters sah, das Gesicht des Todes selbst. Ich habe versucht zu mogeln, mich an unberechtigte Hoffnungen zu klammern, in den ringsum vernommenen Satzbrocken optimistische Klänge zu finden, statt auf die tiefe, ruhige Stimme zu hören, die mir sagt, daß ich sterben werde, meine eigene Stimme, dieses innere Raunen, dem man so selten lauscht. Man glaubt immer, der Tod sei die Sache der andern, man fragt hartnäckig, wem die Stunde schlägt, und nun stehe ich plötzlich vor meinem letzten Ziel. Und ich beuge mich über diesen Spiegel, in dem ich mich zum erstenmal betrachte, diesen friedlichen Teich, durch dessen Oberfläche ich dringen werde, noch ehe ich diese verwirrende Begegnung genutzt habe.

»... und daß uns schon der Abend trennt, o Narziß, und zwischen uns beide die Klinge schiebt, die eine Frucht zerschneidet...« Ach ja, schon!

Welche Erleichterung, daß man sich nichts mehr vorzumachen sucht! Das vereinfacht das Verhalten.

Ich weiß sehr gut, woran ich sterben werde. Seit einigen Jahren finde ich mich verstohlen mit dem Gedanken an meinen Tod ab. Vorher lehnte ich schlicht und einfach diese Möglichkeit ab. Als ich zu Vernunft kam, hatte ich beschlossen, nicht an das Rendezvous in Samarkand zu glauben und einfach zu leugnen, daß alles eines Tages ein Ende findet. Ich habe diesen stolzen Glauben lange bewahrt. Er war meine Rüstung, meine Sicherheit. Die Macht des Todes endet an dieser Grenze, sie kommt nicht gegen Entschlossenheit auf. Dieser alte Hurenbock ist auf Beihilfe angewiesen. Man hat noch nie jemand gegen seinen Willen sterben sehen. Der Mensch ist in seiner Weigerung sicherer als in einer Festung. Die Granaten irren von ihrer Bahn ab, die Krankheiten bleiben harmlos, die Bazillen verlieren den Mut, die Schweinehändler beachten das Stopzeichen. Aber man braucht eine völlig in sich geschlossene Kraft, um immer zu leugnen. Man wird müde, man vergleicht sich. Ich habe begonnen, mich mit dem

Tod zu beschäftigen. Sogleich hat sich der Tod mit mir beschäftigt. Ich war schwach genug, ihn ins Auge zu fassen, ihn zuzugeben, und das ist der Anfang vom Ende. Ich werde für diese unvermeidliche Schwachheit bezahlen, geschieht mir recht! Man stirbt nur aus Müdigkeit und Resignation. Ich billige mir nicht das Recht zu, mich dagegen aufzulehnen. Das hätte man vorher tun müssen. Jetzt wäre es nutzlos und nicht sehr anständig.

Seit einigen Augenblicken wird das Heulen der Sirenen schwächer. Blind und bald auch taub, bin ich nur noch eine intellektuelle Maschinerie, das ist mein letztes Band mit dieser Welt, die ich werde verlassen müssen. Wie wird das vor sich gehen? Ein Nebel, ohne Zweifel, Worte, die sich fortstehlen und verweigern, beginnende Zusammenhanglosigkeit, und dann? Offenbar die Versuchung, über das ewige Leben nachzugrübeln! Lange habe ich die Hölle gefürchtet, als man mir in der Schule meiner Jugendzeit beibrachte, daß die erste Brunst des Fleisches zum höllischen Feuer zu führen drohte, zu einer Zeit, als die einsamen Notbehelfe noch keine Lust vermitteln, sondern eine verzweifelt nötige, verschämte, liebenswerte, ersehnte und gehaßte Sünde sind. Ich fürchtete mich davor, eines Tages den übermäßigen Preis für meine verstohlenen Emotionen und dann, ein wenig später, für die elementaren Gymnastikübungen bezahlen zu müssen, die mir am Heckenrand ein Mädchen, dessen Namen ich vergessen habe, gestattete. Ich war zur Folge endloser und über meine Kräfte unglücklicher Tage verurteilt.

Dann habe ich aufgehört, mich zu fürchten. Was mich von dem Gott trennte, dessen Zorn und unendliche Rache man mich gelehrt hatte, ist, glaube ich, meine Abgeneigtheit, Gewissensbisse für bekömmlich zu halten. Ich habe schon sehr jung den festen Vorsatz gefaßt, nichts zu bereuen. Diese Ethik konnte ich nur ungeschickt begründen, aber ich weiß heute wie jedermann, daß Gewissensbisse ein kläglicher Versuch sind, »die Vergangenheit zu ändern«.

Doch wie sollte man nicht auf irgendeine Art von Fortleben hoffen? Aber auf welche? Die Hölle wäre es, auf irgendeinem grünen Anger den bunt zusammengewürfelten Haufen aller jener wiederzutreffen, die, ob nah oder fern, mein Leben gekreuzt haben. Aber die Angst vor der Leere verleitet dazu, sich eine Gesellschaft auszumalen. Man müßte sie sich aussuchen können.

Diesem blonden Burschen, den ich im Wald von Fougères erschoß, würde ich gern Genugtuung bieten. Er war nicht darauf gefaßt, sich plötzlich einem verlausten Robin Hood gegenüberzusehen. Er träumte, glaube ich. Er hatte in das Knopfloch seiner grünen Uniform einen Zweig Heidekraut gesteckt. Ich erwartete auch nicht, auf einen einzelnen Deutschen zu stoßen. Gewöhnlich waren sie in der Nähe des Maquis auf der Hut und patrouillierten nur in Gruppen. Dieser da gab zweifellos einer romantischen Anwandlung nach. Und dann das Heidekraut, das liebliche Wäldchen . . . Wir haben uns eine ganze Weile angeblickt, ohne uns zu rühren. Er war etwa gleich alt wie ich und hatte Sommersprossen wie Aurelia. Wir versuchten, uns etwas zu sagen, und wenn wir die passenden Worte gefunden hätten, wäre alles gut geworden. Aber unter solchen Umständen kann man nicht recht sprechen. Seine Hand griff nach der Maschinenpistole am Riemen, und ich habe, den Spielregeln gehorchend, geschossen. Ich zielte auf den Heidekrautzweig, und er griff sich mit den Händen an den Bauch; ich vergaß immer wieder, daß mein Karabiner zu tief schoß. Ich konnte den Burschen, der da im Graben lag, nicht mit einer Kugel im Bauch verrecken lassen. Als ich den Lauf meines Revolvers seinem Ohr näherte, hörte er auf zu stöhnen und gab mir mit den Augen ein Zeichen, das weniger Zorn als Überraschung und das Verlangen verriet, sich auszusprechen. Ich hatte keine Zeit, der Knall des ersten Schusses drohte seine Kameraden herbeizurufen. Ich habe nie erfahren, was er mir sagen wollte. Wir waren sehr jung, zu jung, wir waren in den Krieg geraten, der uns zu früh zu

Erwachsenen machte. Ja, ich würde ihn gern wiedersehen, diesen unvorsichtigen Soldaten, der sich gehenließ und dem Geruch des Mooses und des blühenden Heidekrauts folgte. Er hätte Bob gefallen.

Für eine unvorhergesehene Reise packt man seine Koffer in aller Eile, und die überstürzte Vorbereitung bringt es mit sich, daß man bei den Antipoden mit zwanzig Krawatten und ohne Hemd ankommt. Ich war auf diese Reise nicht vorbereitet und hole auf gut Glück Gepäck zusammen, in dem ich das Wesentliche vergesse. Diese Erinnerungen, die ich im Flug zusammenraffe, wähle ich nicht aus, sie bieten sich an und sind, aus der Nähe betrachtet, weniger bunt zusammengewürfelt als es scheint: Die Majorität dabei hat der Tod.

Der Gedanke an ein mögliches Nichts löst bei mir weniger Angst aus, als ich befürchtete, auch weniger Auflehnung. Diesen zerschmetterten Körper auf der Tragbahre bedaure ich, aber er bleibt mir in verschiedener Hinsicht merkwürdig fremd. Ich weiß ihm Dank, daß er mich nicht quält, aber er hat mich tagtäglich durch winzige Schritte heimtückischen Verfalls verraten. Mehr und mehr mußte ich ihn überlisten, jeder seiner neuen Schwächen mit lästigen Vorkehrungen begegnen. Zuerst achtete ich nicht darauf. Dann habe ich die Körper der Gleichaltrigen rings um mich sich verändern sehen.

Und eines Tages, da habe ich die Zeit am Werk gesehen, ich habe sie in flagranti ertappt.

Sie fragte: »Warum siehst du mich so an?«

Ich konnte es ihr nicht erklären. Sie war sehr schön und die Nacktheit stand ihr gut. Aber an diesem Körper, den ich genau zu kennen glaubte, entdeckte ich plötzlich einen Unterschied, eine Veränderung.

Sie sagte.

»Du hast so einen abschätzenden Blick . . .«

Gab es am Vortag schon diese unmerkliche Auflösung der festen Umrißlinie, diese Ungenauigkeit, mit der das Fleisch dem Spiel der Muskeln folgte, diese fast unsichtbare Erschlaffung eines doch höchst reizvollen Körpers? Oder war es nur eine plötzliche Hellsichtigkeit?

Ich habe meine Blicke mir selbst zugewandt und mit plötzlichem Schrecken festgestellt, daß ich recht wenig der fixen Idee glich, ich will sagen dem Klischee, das ich von mir hatte. Durch Kleinigkeiten, durch das Ausnutzen einer bequemen Unaufmerksamkeit, hatte mein Körper ohne mein Wissen den langwierigen Prozeß der Abdankung eingeleitet, der ihm eines Tages gestatten würde, mich völlig im Stich zu lassen. Sie sagte:

»Wie ernst du plötzlich bist!«

Man dürfte den jungen Leuten diese Körper nicht lassen, die sie vergeuden und von denen sie ganz unverschämt annehmen, daß sich ihre Vollkommenheit, ihre Geschmeidigkeit, von selbst verstehen. Heute wüßte ich meinem jugendlichen Körper die Feste zu bereiten, die er verdiente.

Man müßte Ordnung in diese Fülle unzusammenhängender Gedanken bringen.

Es überrascht mich, daß ich mit so wenig Ernst einem unvorhergesehenen Tod entgegentrete. Ich hätte mich nicht für so von Grund auf leichtfertig gehalten. Nicht etwa, daß ich mich mit diesem Schicksal als zufälliges Opfer eines Schweinehändlers abfinde. Ich hätte gewollt, daß man mir Zeit zum Sterben läßt: Zeit zum Sterben, wie man Zeit zum Leben braucht. Für mich stand schon lange fest, daß ich mich nicht der altmodischen Gruppe bejahrter Leute zugesellen würde, die nicht weichen wollen, die sich anklammern. Ich wäre ein mustergültiger Greis gewesen, der jeden Tag ein Tau kappt und sich um Interesselosigkeit bemüht. Durch geduldiges Abtrennen der tausend Fäden, die einen an das Leben knüpfen, wäre ich schließlich dahin gelangt, nur noch am Anker der Barmherzigkeit zu hängen, und schließlich wäre ich gestorben, zweifellos nicht nach meinem Belieben, aber immerhin an meinem Ende teilnehmend. Ich wäre gestorben, man hätte mich nicht umgebracht wie jetzt.

Die Zeit, die Zeit, die Zeit bedeutet nichts mehr, überhaupt nichts. Ich weiß nicht, wieviel Zeit mir noch bleibt, mich so in einem Dunkel, das fortan meine Heimat ist, mit der Zukunft zu befassen. Man zählt an der Schwelle einer ungewissen Ewigkeit nicht die Minuten.

Wie unnütz das auch sein mag, ich würde gern mein richtiges Gewicht auf Erden abschätzen. Wenigstens möchte ich mich nicht über den Ausschlag der Waage täuschen. Dieses Gewicht entspricht der Leere, die mein Fortbleiben hinterlassen wird. Es ist das alte Problem des gefüllten Wasserbehälters; man senkt einen festen Körper hinein, das Wasser fließt über, schließlich mißt man das fehlende Wasservolumen und ich weiß nicht genau was ... Ja, das ist eine ganz einfache Sache, ich wiege soviel wie das Volumen der Gefühle, die bei meinem Tod überfließen werden.

Zunächst Helene ... Helenes Kummer wird schwer und still sein. Sie wird allein weinen, lange und bitterlich, ohne die anderen ihre Wunden merken zu lassen. Sie ist die hauptsächliche Gewähr für meine Schwere. Ihr wird es zu danken sein, wenn mein Name weiter erwähnt wird – (Pierre war, Pierre sagte, Pierre tat ...), denn alle Frauen, die einen Mann geliebt haben, werden zu seinem Archiv und Museum. Aber Helene gehört nicht der schwachen Rasse an, die sich von Kummer und Erinnerungen das Leben versauern lassen. Das ist das Problem: Helene wird lebendig sein. So wie die Freunde lebendig sein werden, die mir nachtrauern, die Frauen, die sich in ihrem warmen Bett erinnern, mich liebkost zu haben, lebendig auch der Bürovorsteher, der meine Leichenrede halten wird, und die Kollegen, die meine Akten unter sich verteilen werden. Wie soll man von Lebenden eine widernatürliche Treue verlangen?

Schon als Kind hat mich bei der Rückkehr vom Friedhof, wo die Erdschollen auf den Sarg meines Vaters fielen, eine Einzelheit empört. Wir, die Familie und die Freunde, wir haben uns zu Tisch gesetzt. Nie habe ich den Geschmack dieser entweihenden Rindszunge vergessen, an der unsere lebendigen Münder sorgsam kauten. Ich dachte an die blauen, für immer geschlossenen Lippen und aß und fand diese Rindszunge von unübertrefflichem Geschmack. Sie heiligte unsere unendliche Überlegenheit, sie gab mir Selbstvertrauen, aber welcher Verrat, welche Verstoßung!

Alle, die mich lieben, werden nachher essen, und das ist ein genügender Hinweis auf die Relativität meiner Bedeutung.

Das Leben bleibt nur für mich stehen, und die Klagen wiegen angesichts dieser Feststellung nicht schwer. Man muß also dem Tod in einem Zustand großer Demut entgegensehen.

An gewissen Ausnahmetagen der Nachsaion in der Bretagne gleicht der Morgen der geistigen Landschaft, die mich jetzt umgibt. Der leichte Westwind, der sich erst später erhebt, schlummert noch. Fern hinterm Horizont schickt die Sonne erst einen indirekten Schimmer in die Frühnebel. Meer und Himmel, beide blank wie Zinn, verschwimmen ineinander in gemeinsamer Reglosigkeit. Die Stille ist ungeheuer. Der Blick sucht vergeblich einen Halt, einen Ruhepunkt in diesem Raum ohne Gliederung. Gleich weit vom Meer wie vom Himmel entfernt schwebt unwirklich das Schiff in einem Universum von Perlmutter.

So schwebe ich in einer Welt ohne Bewegung, ohne Umrisse und Geräusche, auf halbem Weg zwischen Leben und Tod, noch im einen, schon im andern. Wo ist der Horizont?

Eine kleine Flamme am Feuerzug meines Vaters erhellt einen Zipfel der Wahrheit. Nach dem Friedhof und der Rindszunge kamen die Taschen des Verblichenen an die Reihe. Ich erinnere mich nicht genau an die Einzelheiten der Bestandsaufnahme, nur an das Feuerzeug, das mir meine Mutter zwischen zwei Tränen hinhielt: eine Kupferhülse, wie man sie in den Schützengräben im Ersten Weltkrieg zwischen zwei Schlächtereien anfertigte. Papa hing daran wegen irgendeiner Erinnerung an einen an der Marne von einer Granate zerfetzten Kameraden namens Albert. Es war Alberts Feuerzeug: ein großes, schweres, häßliches Ding. Selbst wenn es voll Benzin war, fand es sich nur selten bereit, eine rauchende, stinkende Flamme zu produzieren. Daß es Papa häufig gelang, es mit geschwärztem Daumen beim erstenmal zum Brennen zu bringen, erfüllte ihn mit kindlichem Stolz. Er sagte:

»Dieses Feuerzeug kennt nur seinen Herrn.«

Und nun erbte ich diese lächerliche Reliquie. Zehnmal versuchte ich ohne Erfolg, es anzuzünden. Mamas Schluchzen verstärkte sich:

»Dein Vater sagte immer: Dieses Feuerzeug kennt nur seinen Herrn.« Und gleich darauf: »Wisch deinen Daumen nicht in dein sauberes Taschentuch.«

Man hat das Feuerzeug in eine Lade gelegt, und erst heute begreife ich, um wieviel tiefer noch diese Handlung meinen Vater und rückwirkend sogar Albert begrub. Dieser mit den behelfsmäßigen Werkzeugen des Feldsoldaten hergestellte Gegenstand existierte als Feuerzeug nur dank einer Übereinkunft. Nach dem Verschwinden meines Vaters kehrte das

Ding in die Vorhölle der leblosen Gegenstände zurück. Ich habe es bald vergessen. Es hat niemals mehr jemandem gedient. Meine Mutter hat weitergedient, mir, ihrem zweiten Mann, ihren Freunden. Im Leben meines Vaters hat sie offenbar sehr viel bedeutet, aber im Tod scheint das Feuerzeug sinnbildlich schwerer gewogen zu haben.

Ebenso wird eine gewisse Zahl von Dingen mit meinem Tod sterben, während die Wesen, die mich am meisten lieben, diesseits der Hölle bleiben werden. Im alten Indien verbrannte man die Witwen, und dennoch blieb der Verstorbene allein. Mehr Verständnis für den Tod zeigte die ägyptische Tradition, die die Gräber mit vertrauten Gegenständen füllte. Man vermutete zu Recht, daß diese freundschaftliche Umgebung irgendwie das Weiterleben sicherte. Ich bedauere, daß ich Alberts Feuerzeug nicht neben meinen Vater gelegt habe, und dazu das Messer für drei Sous mit dem prunkvollen Wappen am Griff, dessen Klinge er mit peinlicher Sorgfalt schärfte und das niemand im Haus je anfassen durfte.

Ich werde keine Pyramide haben. Man wird mich nicht mit den Dingen des Lebens umgeben, die mir plötzlich furchtbar wichtig erscheinen:

die Wassernüsse, die man im September in den schwarzen Wassern des Teiches von Poitevinière findet, Untersee-Kastanien, deren Fleisch von den

Stacheln einer glatten Schale, hart wie altes Leder, geschützt wird, eine Frucht der Hexen und Wilddiebe;

das Bild des unbekannten Malers (ein Chagall oder seinesgleichen läuft nicht Gefahr, auf dem Speicher zu landen) links neben der Tür in meinem Büro, diese verblichene Landschaft, ich habe immer davon geträumt, sie zu durchwandern, um zu sehen, ob die Pappeln wirklich so zittern, die Hügel so sanft sind, um endlich zu entdecken, wie die ganze Front eines Hauses aussieht, von dem der Maler nur die vorspringende Ecke des Daches wiedergegeben hat, genug, um den Eindruck einer wunderbaren Harmonie zu erwecken, die wie Alberts Feuerzeug sterben wird; der kräftige Saft der wilden Mangofrüchte von jenem Baum auf Moorea am Ufer eines Flüßchens, in dem kleine Zicklein schwimmen;

das Geräusch beim Rückfluten der Brandung auf dem Strand von Pendruc bei leichtem, warmem Südwestwind, des Abends, wenn die sanften Wellen ihre Schaumkronen lässig auf dem Sand ablegen;

der Duft der Blumen, den ich eben, vor tausend Jahren, auf der Wiese nach dem Unfall eingeatmet habe, der Blumen, die keine Akeleien sind, deren Namen mir Helene sagen würde, diese herbstlichen Glöckchen, die das Ende meiner Ferien eingeläutet haben;

das ganze Haus von La Barre, weil Häuser die

vergänglichsten aller menschlichen Dinge sind und ein einziger Augenblick der Gleichgültigkeit sie dem Verfall und dann dem Chaos weiht. Ich habe in wenigen Jahren Häuser sich auflösen und sterben sehen, die, für ewige Zeiten gebaut, einen Augenblick des Vergessens nicht überstanden, denen Stärke und Festigkeit der Mauern nichts nützte, wenn sie sich selbst überlassen blieben. Wer wird die Gartentür richtig schließen, deren Angeln infolge der zu schwachen Bänder klemmen? Wenn man den Türflügel unachtsam aufdrückt, ohne die Bewegung durch einen leichten Zug nach innen zu unterstützen, werden die Beschläge noch mehr Spiel bekommen, und das Ganze wird in weniger als einem Monat ausgerieben sein. Ich gebe auch meinem Sessel keine lange Lebensdauer, mit der schwachen Stelle in der linken Armlehne, mit der nur ich zurechtkomme, weil ich weiß, daß unter dem Bezug eine Strebe morsch geworden ist und bei der ersten Gewaltanwendung zu Staub zerfallen wird. Bertrand mit seiner Manie, sich auf die Armlehne der Sessel zu setzen... Bertrand, du wirst nie erfahren, wie wenig ich an dich in der Stunde meines Todes gedacht habe, und das ist besser so, denn du würdest diese anscheinende Gleichgültigkeit nicht verstehen, vielmehr du würdest sie falsch verstehen. Du bist ein wesentlicher Teil meines Lebens, du warst der größte davon. Ich erinnere mich an den Tag, als ich an der Wand des Badezimmers deine Größe markierte und der Maßstab einen Meter anzeigte, genau einen Meter. Ich dachte, wie unendlich viel mehr du für mich darstelltest als den zehnmillionsten Teil eines Viertels des Erdumfangs, du warst das ganze Universum mit allen seinen Weiten, mein einziges Maß, die genaueste Bezugseinheit, meine goldene Zahl. Aber wir durchlaufen gegenwärtig die klassische schlechte Periode, in welcher der Vater eine Last wird, durch Trägheit, durch Unfähigkeit oder durch die bewußte Weigerung, das Kind von gestern in das verheißene Land zu begleiten, wo für einen zweiten kein Platz ist. Der Freund des Knaben, der Gefährte des Heranwachsenden, hat dem jungen Mann nichts mehr zu bieten als eine mehr oder weniger diskrete Kritik, deren Selbstgefälligkeit aufreizend wirkt. Verzeih mir, Bertrand, aber den Menschen, der du jetzt bist, liebe ich nur theoretisch, er ist mir in vieler Hinsicht fremd, und ich weiß, daß du mich selbst auf das Nebengleis deiner Gefühlsbahnen abgeschoben hast.

Du argwöhnst, daß ich Beatrice nicht liebe. Es stimmt, sie ist der Inbegriff von allem, was ich nicht leiden kann, sogar ihre Schönheit gehört dazu, und daß sie schön ist, billige ich dir zu, selbst in La Barre, wo sie sich veranlaßt fühlt, sich als verschleppte Polin zu verkleiden.

»Hast du ihr etwas vorzuwerfen?«

Ich habe dir mit Nein geantwortet, weil das, was mir an deiner Frau mißfällt, dich glücklich zu machen scheint, diese Albernheiten einer unechten Jungmädchenhaftigkeit, jungfräulich vom Kopf bis zu den Füßen, Unterleib ausgenommen, dieses ein für allemal aufgesetzte Lächeln, das gleiche für jede Gelegenheit, diese Art, bei der Annäherung eines Mannes auf delikate Weise in Saft zu geraten, diese Rühr-mich-nicht-an-oder-ich-zerbreche-Manier, mit der man leicht hundert Jahre alt wird...

Wozu, Bertrand? Im übrigen ist das Fegefeuer der Abkühlung und des Auseinanderlebens zweifellos unvermeidbar, und wir hätten später, von gleich zu gleich, wieder ein wärmeres Verhältnis gewonnen. Das alles ist nur oberflächlicher Schaum, aber es entfernt dich von meinem Lager in diesen Augenblicken, in denen ich nur an mich denken darf. Versteh das, Bertrand, mein Schicksal ist im Begriff, sich zu entscheiden, ich bin allein auf einer Bahre und darf nur an mich denken, weil Einsamkeit mein Los ist. Ich habe dieses Recht – oder dieses Gebrechen, wenn du willst! – durch zwei gefährliche Sekunden erworben, die mich aus meinem Leben gerissen und in diesen Umbruch gestoßen haben. Werde ich je wissen, in welchem Augenblick der Ablauf dieser zwei Sekunden ins Unwiederbringliche umgeschlagen ist? Du siehst, ich befasse mich mit recht leichtfertigen, auf jeden Fall unnützen Dingen, weil diese Sekunden in die Ewigkeit eingegangen sind. Aber von der Stelle aus betrachtet, an der ich mich befinde, verkehrt sich die Skala der Werte seltsam von Null bis Unendlich und der Ernst der noch zur Gänze Lebenden wird lächerlich. Man wird im Zustand des Todes geboren und flüchtet sich ins Großsprecherische, das die Trunksucht der Seele ist, und bemüht sich, mit seinen Ansichten ein – wie man wünschen würde – großartiges Getöse hervorzurufen, und gibt sich dann mit diesem unbedeutenden Geräusch zufrieden, bis man schließlich am Ufer des wahren Schweigens anlangt. Dort bin ich jetzt, und wenn ich Zeit hätte, würde ich dir erklären ... Du weißt, im *Citizen Kane* spricht Kane kurz vor seinem Tod das Wort *Rosebud* aus, und jeder fragt sich, welche Botschaft dieses letzte Wort des Giganten enthält, welchen Schlüssel diese magische Formel bildet, mit der ein ungewöhnliches Leben schließt. Am Ende des Films erfährt man, daß *Rosebud* nur auf dem kleinen Kinderschlitten stand, an den der große Kane zweifellos nicht ein einziges Mal im Verlauf seines großartigen Lebens gedacht hat, der aber die letzte bewußte Regung dieses Erbauers eines Reiches auslöste. Das entspricht einigermaßen dem, was ich dir erklären möchte.

Ich habe kein Reich geschaffen, ich bin nur berühmt geworden, mit allem, was der »Erfolg« an

Vulgarität einschließt, aber an dem gleichen Punkt angelangt wie der Bürger Kane, trifft mich die Wahrheit dieses *Rosebud* wie eine Offenbarung. Die Hauptsache für die Toten sind die Geschichten, die Einzelheiten, die Dinge, nicht die Ideen. Ich weiß nicht, was mich erwartet, das Nichts, ein schlammiger Abgrund oder ein unbestimmter Garten Eden, aber wie muß auf jeden Fall das menschliche Wissen winzig, begrenzt, überholt erscheinen!

Ich predige dir nicht, daß alles nichtig ist. Ich liebe die Worte und die Ideen, ihre Spiele und ihren Zusammenprall. Nur sollst du wissen, daß sie am Ende der Rechnung nichts zählen. Millionen »anderer« werden fortfahren, meine eigenen Worte, meine eigenen Ideen über die Moral, die Liebe, die Gerechtigkeit, über Jung oder den Krieg in Vietnam auszusprechen. Meine Abwesenheit wird nicht die geringste sichtbare Leere hinterlassen, und in dem Konzept, in dem die Mitspieler austauschbar sind, nicht einen halben Seufzer hervorrufen. *Rosebud* hingegen wird man verbrennen, du wirst meinen Lehnsessel zerbrechen, das kleine Bild aus meinem Büro wird auf einem Speicher verstauben, die Blumen, die Gerüche, die Dinge werden sterben, weil mit mir die geheime Vorliebe stirbt, die ich für sie hatte, und weil ich nur für sie unersetzlich bin. Du, mein Junge, wirst nicht lange leiden, Gott sei Dank. (Ich möchte nicht den Namen Gottes aussprechen und noch weniger ihn anrufen. Es ist zu spät oder zu früh. Das wird sich gleich herausstellen.)

Wir waren es nicht mehr gewohnt, Bertrand, zusammen zu schwatzen. Dieser Monolog von jenseits des Lebens tut mir gut, obwohl er so unzusammenhängend ist. Ich bitte dich nur, hier zu sein und zuzuhören. Ich mache mir lächerliche Sorgen über die Art, wie sie mich »herrichten« werden. Die Krankenschwestern kämmen die Leute so achtlos. Du weißt, wie komisch ich mit diesem Bündel über der linken Schläfe aussehen kann, das zu einem richtigen Schopf wird, wenn man nicht darauf achtet, aber auch, daß ich wie ein Tangotänzer aussehe, wenn man meine Haare zu glatt kämmt. Du wirst mir sagen, ich solle mich lieber mit meiner Seele beschäftigen. Ich denke mir, daß ich nichts mehr für sie tun kann. Und außerdem hat man das Recht, von Gott zu erwarten, daß er nicht nur die Seinen erkennt, sondern auch die anderen annimmt.

Ich schwatze, Bertrand, weil ich müde bin, und weil die Angst umgeht. In meinem Alter bringt man es nicht mehr zuwege, gleichzeitig ein gutes Gewissen und ein gutes Gedächtnis zu haben: Eine vollkommene Unvereinbarkeit. Ich habe ein gutes Gedächtnis. Ich habe dir nie von Aurelia erzählt. Sie ist Generalin, ich will sagen, die Frau eines Generals.

Vorher waren wir jung, sie hatte einen leichten Gang und »lange Kälberbeine« – du weißt, Aragon ... – und sie verbrachte die Ferien in der Nähe von La Barre. Mama, die so darauf bedacht war, mich nicht unnütz zu etwas zu zwingen, begriff nicht, wie sehr einen Buben von dreizehn Jahren der Auftrag bedrückte, Pferdemist für die Blumen zu sammeln. Ich haßte den rituellen Satz:

»Pierre, nimm den alten Eimer und die Kehrichtschaufel und hole Pferdemist für die Rosen.«

Ich mußte auf die Straße hinaus. Eines Tages überraschte mich Aurelia bei dieser ehrenrührigen Beschäftigung. Sie ritt eine Halbblutstute und war das Abbild der Jeunesse dorée, ungezwungen, hochmütig. Sie hielt vor mir, der ich mit meinem Eimer und meiner Kehrichtschaufel vor Scham versank. Ich sagte:

»Ich sammle Pferdemist.«

Sie antwortete:

»Ja natürlich, für die Rosen.«

Das war auf dem Land eine Gewohnheit, die niemanden erstaunte, und ich war ohne Zweifel der einzige, der sich dadurch erniedrigt fühlte.

Ihre Stute wählte gerade diesen Augenblick, um sich des gewaltigsten Haufens Mist zu entledigen, den je ein Blumenzüchter erhoffen konnte.

»Fein!« sagte Aurelia ganz harmlos.

Und ich mußte mich, blutrot vor Zorn, vor meiner

Amazone bücken und dieses dampfende Gebirge einsammeln.

Die Toten müssen recht unbeschwert sein, wenn mich die Erinnerung an diese abscheuliche Kränkung bis hierher verfolgt, die schlimmste meines Lebens, und ich weiß, was ich sage.

Später habe ich Aurelia geliebt, an einem Tag wie heute, wegen des Dufts von frischem Heu. Ich habe Aurelia geliebt, aber geheiratet habe ich deine Mutter, zum Teil deinetwegen. Dann habe ich deine Mutter verlassen, und nun denke ich an Aurelia. Ich habe keine Zeit, es dir zu erklären. Der erste Name, den man sich ins Herz schneidet, wächst mit der Rinde.

Du wirst La Barre erben. Ich wollte das Haus Helene geben, weil sie dort Kamelien gepflanzt hat. Du wirst in La Barre nie etwas pflanzen, vor allem keine Kamelien, die in Blüte stehen, wenn Beatrice die Sonne von Avoriaz nötig hat – »Vater, wie kannst du etwas gegen das Skifahren haben!« –, um ihre kostbare Blondheit durch den Gegensatz noch zarter zu machen. Gib La Barre Helene, sie wird dort die Erinnerung an mich pflegen. Ich wollte es tun, aber Anwälte scheuen sich, Testamente zu schreiben. Sie können sie nicht abfassen, ohne zu lachen.

Du siehst, ich beschäftige mich mit meinem Letzten Willen. Man entgeht den Konventionen nicht.

Als ich den Viehtransporter mitten in der Kurve stehen sah, habe ich nur an das gestellte Problem gedacht: Gegeben sei ein sich mit x km/h bewegendes Fahrzeug... davor in einer Entfernung von y Metern ein Hindernis. Berechnen Sie die Zeit t usw. So vergeudete ich die Sekunden, während derer ich die Dinge in dem Bewußtsein betrachten konnte, daß es zum letztenmal war. Ich sage mit Absicht betrachten und nicht nur undeutlich sehen. Ich habe mich aufgeführt, als müßte ich selbstverständlich mitten in den Wundern dieser Welt bleiben, und durch diese Unkenntnis und diese Nachlässigkeit bin ich nun einer herzzerreißenden Freude beraubt.

Habe ich dir schon von der Hinrichtung eines Klienten des Anwalts erzählt, in dessen Kanzlei ich meine juridische Feuertaufe erhielt? Unmittelbar nach dem Krieg fehlte der Guillotine der Treibstoff für Reisen, also hatte man sich eine Abteilung Militär erbeten. Aber man wird nicht improvisiert zum Henker, und die Sache entwickelte sich zur Komödie. Wir waren zu früh auf dem Schießplatz angelangt. Es war noch dunkel. Wir haben mehr als eine halbe Stunde gewartet – (im Vorratswagen wegen der Kälte) –, der zu Erschießende und wir anderen, die Gendarmen, der Richter, der Staatsanwalt, der Feldgeistliche und ich, den der Chef mit seiner Vertretung beauftragt hatte, weil er mit einem gewaltigen Schnupfen zu Hause bleiben mußte. (Ich hatte dem Verurteilten von einer »Lungenentzündung« gesprochen, denn das Bild des Anwalts, der unter seinem Federbett Grogs schlürft, erschien mir ein wenig anstößig.) Draußen wurde der Leutnant, der das Kommando befehligte, ungeduldig. Niemand hatte daran gedacht, einen Pfosten aufzustellen.

»Und womit verbinde ich ihm die Augen?« sagte der Leutnant. »Saustall...«

Ein Soldat guten Willens bot sein Taschentuch an, »nicht allzu sauber, aber groß genug und sowieso...« Der Staatsanwalt blickte in dem Bemühen um Haltung heimlich auf die Uhr und hielt dem Verurteilten großzügig sein Päckchen *Gitanes* hin... – »aber ja, ich habe noch eines...«

Ich sagte nichts. Ich fand das Benehmen des Mannes, den man erschießen würde, sehr eigenartig. Heute verstehe ich es so gut! Er wußte, daß er bald sterben mußte, und schaute um sich. Er ließ nicht die Bilder an sich vorbeiziehen, er ging jedem einzelnen entgegen und betrachtete es in allen Einzelheiten mit großer Aufmerksamkeit. Er heftete buchstäblich seine Blicke auf die Dinge und entzifferte sie langsam. Das begrenzte Universum des durch eine zu schwache Deckenleuchte kaum erhellten Wagens bot keine große Auswahl an Bildern, aber der Mann wußte, daß er zum letztenmal das Gewebe eines Tuchs, das Metall eines Handgriffes, die Bewegungen, die Gesichter sah, tausend unbedeutende Einzelheiten, die nur für ihn allein wichtig waren, weil sie die Welt der Lebenden zusammenfaßten. Ich glaube, daß er an gar nichts dachte. Er versorgte sich mit Zeichen, sammelte die winzigen Botschaften eines vertrauten Universums ein und gewann daraus Kraft.

Ich hätte mir vorhin auf der Straße die Zeit nehmen müssen, instinktiv alles zu betrachten, das Wasser und den Wind, die Bäume und jenes kleine Kind, das am Waldrand entlanglief, und die Rosen vor dem Bauernhaus. Die Unaufmerksamkeit der Lebenden ist beschämend. Man schaut kaum hin, man geht zerstreut vorbei. Tatsächlich sieht man nur das, was sich im Bereich der Scheuklappen unserer augenblicklichen Interessen befindet. Hast du bemerkt? Wenn man einen neuen Wagen besitzt, sieht man, selbst wenn er ein seltenes Modell ist, nur noch Wagen dieser Type. Als ich nach meinem Unfall in Tripolis an Stöcken ging, war Paris von Krüppeln bevölkert. Es gibt hundertmal mehr Bärtige, wenn man sich selbst einen Bart wachsen läßt. Man projiziert rings um sich seinen kleinen inneren Film. Das habe ich häufig bei Prozessen festgestellt, wo von zehn Zeugen angesichts des gleichen Ereignisses jeder nur die Einzelheit, die Begebenheit behalten hatte, die seinem augenblicklichen Gemütszustand entsprach. Dieses Phänomen des selektiven Sehens ist allgemein, und es bestürzt mich, wie kindisch es ist. So viele Wunder vergeblich vor halb geschlossenen Augen verschwendet!

Ich möchte, daß ihr mir helft, du, Bertrand, Helene, Aurelia, Bob, der Arzt, die ganze Welt, denn es ist schrecklich zu sterben, es ist nicht das Los aller, wie man schnöde sagt, es ist jedesmal ein furchtbar einmaliges Drama. Für mich selbst bin ich einzigartig, ich bin nicht ein Mensch unter Milliarden, der sterben wird. Ich flehe euch alle an, tut etwas, seid hier, sprecht, bedauert mich. Gibt es etwas Wichtigeres als das, was mit mir geschieht? Was ist denn die Menschheit, wenn sie nicht beim Sterben eines Menschen den Atem anhält? Tut etwas, alle, einer von euch hat Angst.

Es regnet, als der Rettungswagen, voran die beiden Gendarmen auf ihren Motorrädern, in das Krankenhaus von Laval einfährt und zur Unfallstation rast. Mit dem routinebedingten Minimum an Zeitaufwand und Bewegungen öffnet sich das Krankenhaus vor dem Neuankömmling, bemächtigt sich seiner und verleibt ihn sich ein. Man könnte glauben, sein Platz sei von aller Ewigkeit her vorgesehen. Tatsächlich durchläuft Pierre Delhomeau, vierundvierzig Jahre, Rechtsanwalt, einen von Fachleuten genau festgelegten Weg. Aus den Statistiken ergibt sich, daß das Krankenhaus von Laval innerhalb von vierundzwanzig Stunden mit x Unfällen fertig werden muß. Als »Unfall« wird Pierre Delhomeau erwartet. Sein Platz ist vorgesehen. Die Statistiken wissen, daß er kommen wird, er oder ein anderer. Als er noch mit 140 km/h in Sicht des La Providence genannten Ortes dahinrollte, breitete man bereits saubere Leintücher über das Bett des Zimmers Nr. 7 im Chirurgietrakt.

Er war bereits die »Nr. 7«.

Eine Schwester telefoniert zur Aufnahme:

»Verkehrsunfall auf Nr. 7.«

Der Stationsarzt schließt die Zeitschrift, die er überflogen hat, während er auf Pierre Delhomeau oder irgendeinen anderen wartete, dem es an diesem Morgen bestimmt ist, die Rolle des »Verkehrsunfalls« zu spielen. Alles verläuft ordnungsgemäß.

Die beiden Gendarmen gehen im Korridor auf und ab. Sie möchten wissen, ob sie einen Bericht über einen tödlichen oder über einen schweren Unfall schreiben sollen.

Der Arzt begrüßt seinen jungen Kollegen und wiederholt ihm kurz seine erste Diagnose.

»Ich habe ihm Kampfer und Sauerstoff gegeben . . .«

Der Assistent sagt »Ja . . . ja . . .« und mustert das Gesicht, das eine Schwester vom geronnenen Blut säubert. Keine Verletzung im Gesicht. Der Assistent denkt nach, wo er es schon gesehen hat.

»Sie gestatten«, sagt der Arzt, »daß ich jetzt gehe ...«

Der Assistent sagt »Ja ... ja ...« und forscht in seinem Gedächtnis. Die über den Schädel schräg zurückgeschobene Kopfschwarte bildet einen verschmierten Wulst, aber trotz dieser Perücke erkennt der Assistent, glaubt zu erkennen ... Die berühmten Gesichter, die häufig in der Presse zu sehen sind, haben etwas Vertrautes, selbst wenn man nicht genau weiß, wer es ist.

Die zwei Schwestern wissen die beiden Möglichkeiten auswendig. Entweder ist der Fall hoffnungslos und man kann nur warten, oder der Assistent sagt »also los« und eins reiht sich automatisch ans andere: Blutgruppe, Transfusion, Röntgen, Operationsraum ...

Der Assistent untersucht bedächtig seinen Kranken. Wenig Aussicht, ihn durchzubringen, aber weiß man das je? Die Entscheidung liegt ganz bei ihm. Fortgehen und die Tür hinter sich schließen, oder diesen ungeheuren Rettungsapparat in Bewegung setzen, mit einer Chance von eins zu ... zu ...?

Der Assistent zögert. Dann hebt er die Lider des reglosen Mannes. Die Augen bewegen sich, ein Schimmer von Verstehen glimmt auf, ein Funke, der noch Leben bedeuten kann.

Der Assistent sagt:

»Also los.«

Im gleichen Augenblick erkennt er den Verletzten, weil dessen kurzer Blick die Erinnerung an eine kürzlich im Fernsehen gesendete Debatte über die Todesstrafe wachgerufen hat.

»Das ist der Rechtsanwalt Delhomeau. Rufen Sie den Chef an, er wird sicher dabeisein wollen. Unter uns: Jedenfalls für das Communiqué an die Presse.«

Der Assistent verläßt das Zimmer, um sich in Block zwei umzuziehen. Im Korridor fragen die Gendarmen:

»Was, meinen Sie, soll man in dem Bericht schreiben, Herr Doktor?«

Der Assistent verzieht das Gesicht:

»Zahlreiche Verletzungen. Man kann noch nichts sagen.«

Damit geht er. Der ältere der beiden Gendarmen zuckt die Achseln. Man muß nicht päpstlicher sein als der Papst.

»Wir werden schreiben: Das Opfer erlitt mehrfache Verletzungen und wurde in das Krankenhaus gebracht.«

Dieser russische Physiker, wie hieß er doch? Man hat ihn nach einem Autounfall wie dem meinen tot aufgelesen. Er war medizinisch tot. Ich habe den Bericht über diesen außerordentlichen Fall gelesen.

Die sowjetische Wissenschaft hat alle Mittel in Bewegung gesetzt, um einen unersetzlichen Forscher zu retten. Man hat sogar ausländische Ärzte gerufen. Man hat diesen Toten wiederbelebt. Durch Wochen hindurch haben sich die größten Chirurgen der Welt an seinem Lager abgelöst. Viermal ist der Mann gestorben. Viermal hat man ihm ein künstliches Leben eingehaucht, die Einzelheiten habe ich vergessen, aber ich erinnere mich, daß mich die Schilderung dieses Kampfes gegen ein unzulässiges Verhängnis fasziniert hat. Sein Grab stand offen, und man hat ihn mit Gewalt herausgeholt. Er hat seinen Platz an der Moskauer Universität wieder eingenommen.

Ich bin nicht tot. Der Arzt hat nicht gelogen. Ich bin im Krankenhaus. Man wird sich mit mir befassen. Man wird sich damit befassen, mich am Leben zu erhalten. Sie haben alles, was dazu nötig ist. Ich habe die Augen geöffnet und meinenPlatz im Leben wieder eingenommen. Danke, o Herr, Gott der Barmherzigkeit ... Die Wunder der Medizin ... Ich habe menschliche Wesen gesehen. Ich glaube, ich weine, und die Freude überwältigt mich. Dieses plötzliche Licht in meinen Augen, wie der erste Atemzug nach einem Erstickungsanfall, gibt mir wieder unglaubliche Kräfte. Ich tauche aus dem dunklen Sumpf auf, in den ich mich sinken ließ. In diesem Augenblick treffen sie Vorbereitungen, um mich zu retten, sie schicken sich an, die besten Mittel auszusuchen, sie wählen aus ihrem gewaltigen Arsenal die genau entsprechenden Eingriffe aus, die notwendigen Medikamente.

Ich bin in meinem Kampf nicht mehr allein. Muß ich überhaupt weiterkämpfen? Die Ablösung ist gesichert, ich kann mich beruhigt auf sie verlassen. Mich endlich ausruhen! Solange ich lebe, werde ich den Geschmack dieses Hauches von Licht nicht vergessen, auch nicht diese weiß verschwommene Gestalt, die sich über mich beugte, ein mir von der Welt, die ich schon fast verlassen hatte, gesandtes wohlwollendes Traumbild.

Sie sollten sich beeilen. Im übrigen beweist nichts, daß sie ihre Arbeit nicht schon beendet haben. Ich habe das Bewußtsein verloren, und sie haben gearbeitet, mich dem Leben wiederzugeben. In diesem Fall erwache ich jetzt *nach* der Operation. Der Krankenpfleger beobachtet meine Rückkehr zur Oberfläche. Er wird mir sagen: »Seien Sie beruhigt, die Operation ist gelungen, Sie sind gerettet.« Ich höre noch nichts außer einem entfernten Rollen, nicht eigentlich ein Rollen, ein anhaltendes Geräusch, das auf und ab schwillt. Es ist nicht sehr unangenehm.

Die Operation ist gelungen, weil ich eben nach dieser unendlichen Nacht die Augen geöffnet habe. Ich habe keine Schmerzen, weil man mir schmerzstillende Mittel gegeben hat. Was noch folgt, ist nebensächlich. Sicher wird es noch schwierige Augenblicke geben, aber wozu an die Zwischenzeit denken? Das Leben ist auf der andern Seite eines Übergangs, dessen Dauer, wie lange sie auch sein mag, lächerlich erscheint.

Ich werde wiedergeboren werden, und diesmal in wahrer Kenntnis der Sachlage, geboren eigentlich mehr als wiedergeboren, denn der Mann, der nach diesem Streifzug zu unbekannten Grenzen nach Hause zurückkehrt, kann in nichts dem Fahrer des MG zu Beginn der Kurve gleichen, ohne daß das unvorstellbare Fähigkeiten des Vergessens voraussetzt. Ich werde nie vergessen.

Mir scheint, ich liebe den Menschen, der da kommt, geheilt, um einen Teil seiner selbst, der ihn krank machte, beschnitten und um eine gefährliche Erkenntnis bereichert.

Wie die Stempel in einem Paß trägt sein Körper die Visa schrecklicher Gegenden, in die er sich gewagt hat. Diese Narben stärken sein Gedächtnis. Sein neues Wissen kann er niemandem mitteilen, für so banal und allgemein verbreitet halten es alle, die diese Art von Reise nicht mitgemacht haben.

Zum Beispiel weiß er in Zukunft, daß jede Sekunde die letzte sein kann. Jedermann weiß das, irgendwann einmal. Er hingegen hört nie auf, es zu wissen, und darin liegt der Unterschied. Als Schlußfolgerungen zieht er daraus eine dynamische und eine moralische Wahrheit.

Der andere, der vor der Kurve, hat mir durch seinen Hang zur Überheblichkeit, die Unklarheit seiner Bestrebungen und die Affenpossen seiner Intelligenz nur halb gefallen. Dennoch vermacht er seinem Nachfolger ein beträchtliches Erbe: die klare Einsicht, wie geringfügig das Gepäck gewesen wäre, das er mitgenommen hätte. Dieser andere hat zum großen Teil von Ideen und Grundsätzen gelebt, bis er schließlich bemerkte, daß er nichts mehr wäre, wenn der Tod ins Nichts mündete, oder daß er umgekehrt alles wüßte, nimmt man ein Jenseits an, wo die Erkenntnis gegeben, die Weisheit eingegossen ist. Seine philosophischen Gedanken wurden also im ersten Fall unnütz und im zweiten Fall hinfällig. Er maß ihnen jedoch eine so außerordentliche Bedeutung bei, daß er darüber die tatsächlichen Reichtümer vernachlässigte, die ihm die Welt spendete, und derer er auf ewig beraubt ist.

Dieser andere, der sich nie wieder aus den Trümmern seines Wagens erheben wird, lehrt seinen Nachfolger die Bedeutung von Undines Vorgehen, die, als sie verurteilt wird, die Welt der Menschen zu vergessen, den Hausrat der Burg, die sie für immer verlassen soll, in den Rhein stürzt. Sie will die Möglichkeit haben, wenn ihr Gedächtnis ausgelöscht wird, auf dem Grund des Wassers durch einen vertrauten Gegenstand unbestimmte Nachklänge ihres Glücks als kleine Menschenfrau wiederzufinden.

So ist also der neue Mensch im Besitz eines Kapitals letzter Augenblicke, das er nicht verschwenden wird, denn wenn sich das Unglück handgreiflich und brutal zeigt, braucht man eine wache Aufmerksamkeit, um wenigstens die Widerspiegelungen eines Glücks festzuhalten.

Zum letztenmal liebkost er die Frau, die er liebt, wird er von ihr geliebkost, und immer ist es das letztemal, daß er diese Erregung, diese Freude schenkt und empfängt, in alle Ewigkeit das letztemal. Da ist kein Raum mehr für Mittelmäßigkeit oder Gewohnheit.

Zum letztenmal sieht er an jenem Sommermorgen im Garten von La Barre zu, wie das bräunliche Weibchen der schwarzen Amsel das Haus der Schnecken auf einem Stein zertrümmert und sie dann mit der unruhigen Gier der Vögel hinunterschlingt. Und der rote Klee erwacht und öffnet sich dem Anruf der Sonne. Der Mann versucht zu erraten, woher der erste Windhauch kommen wird, der den Tag bewegt oder schläfrig machen wird.

Zum letztenmal, häufiger als zuvor, wird er sich mit Freunden zu Tisch setzen, die es für übertrieben halten, welche Bedeutung er so belanglosen Dingen wie Gitarrenklang zumißt, dem Geschmack eines Weins, der Regung eines Gesichts, dem Überspringen eines Gedankens oder eines Wortes und der Farbe der Zeit. Den unausgesprochenen Vorwurf der Leichtfertigkeit, er errät und begreift ihn. Er stellt sich manchmal selbst die Frage, ob diese Haltung auch ihren guten Grund hat (und zusätzlich die Frage nach der Bedeutung von »gutem Grund«). Er vergißt nicht, daß die schlechten Gründe nicht an sich schlecht sind, sondern daß man sie nur für sich selbst nicht gut findet. Tatsächlich gibt er sich mit Absicht leicht, teils aus einem natürlichen, durch die Erfahrung verstärkten Hang, teils weil es ihm widerstrebt, das Geschick der andern zu belasten.

Er wird also den Egoismus pflegen, die Tugend mit dem schlechtesten Ruf. Da er die Einsamkeit kennt, die ihn an der Schwelle erwartet, und niemand diese Last mit ihm tragen kann – denn selbst Christus auf Golgatha klagte, und diesmal wahrhaft als Mensch, weil sein Vater ihn verlassen hatte –, wird er sich bemühen, aus dem Egoismus einen wohltätigen Kult zu machen. Er wird für den großzügigen, bereichernden, den Egoismus anderer achtenden Egoismus plädieren. Der Wille, nicht zu schaden, ist der Beginn wahrer Güte.

Man wird ihn geschwätzig finden, weil ihm die Worte nach der Drohung ewigen Schweigens eine Nahrung sein werden.

Bedacht darauf, zu genießen, wird er altern. Ein sonnenbeschienenes Nichts wird zum Fest werden.

Ich bin erst die schwache und gefährdete Grundlage dieses zukünftigen Menschen. Ich möchte ihm einen Körper bieten, dessen er sich ohne zu große Schonung bedienen kann, einen Gefährten guten Willens. Er verdient ihn.

Ich werde ihn Helene vorstellen und an ihrer Hochzeit teilnehmen. Sie wird nicht merken, daß sie ihren Liebhaber gewechselt hat, sie wird mich nur anders finden, ohne aber das Ausmaß meiner Verwandlung zu ermessen. Zu zweit werden wir Helene dazu bringen, das Leben zu lieben, wie die Toten es können.

Es hing an ein paar Sekunden, und mein Nachfolger wäre beinahe nicht zur Welt gekommen, eine Fehlgeburt aus Versäumnis? Ich hätte meinen Weg blind bis zum nächsten Zusammentreffen mit dem Geschick fortgesetzt. Man müßte endlich begreifen, was Zufälle bedeuten, feststellen, ob es vorkommen kann, daß sich die Vorsehung in ihrer Rechnung täuscht.

Eine gewisse Zeit ist inhaltslos verstrichen, eher eine ungewisse Zeit, die ich nicht bestimmen kann. Das gefällt mir nicht. Das Dröhnen, das in meinem Kopf kreist, wechselt die Klangfarbe, es wird gleichzeitig tiefer und metallischer.

Auf diesen Grund setzt sich ein flüchtiger Gedanke summend wie eine grüne Schmeißfliege fest, ich vertreibe ihn, er kommt hartnäckig und abscheulich wieder und ich kann ihn nicht loswerden. Ein Gedanke und ein Bild: Ich bin in meinem Wagen am Quai Voltaire, ich will gerade nach Rennes abfahren, der Motor läuft, ich habe den ersten Gang eingelegt, ich beginne nach links einzuschlagen, Helene steht auf dem Gehsteig, sie sagt etwas, ich kurble das Fenster herunter, um es zu verstehen, sie sagt:

»Sei vorsichtig, fahr nicht zu schnell . . .«

Ich lächle, ich fahre an, ich habe einige Sekunden verloren. Zweihundertfünfzig Kilometer von mir entfernt gießt der Schweinehändler ein Glas Calvados hinunter. Ich habe verloren.

Sind wir wirklich nur Puppen und zum Zeitvertreib für wen?

Der tiefe Orgelton dröhnt in meinen Ohren. Ich friere.

Einmal habe ich den grünen Strahl gesehen, den richtigen, eines Abends am Meer, gegen Indonesien zu, gerade nach Sonnenuntergang, einen breiten, deutlichen Strahl von der Farbe eines Trugbilds, eine Schwingung, einen schrecklichen Inbegriff von Grün.

Ein anderes Mal habe ich auf den Galapagosinseln gesehen, wie sich in der Lava vor meinen Füßen ein

Krater öffnete und die Blase aus schwefeliger Masse sich wölbte, sich schwerfällig hob und mir ein lästerliches, seit Urbeginn gegorenes Gas ins Gesicht spie, das alle fauligen Möglichkeiten der Alpträume suggerierte.

Man darf sich nicht mit diesen Dingen abgeben, sie enthalten Giftstoffe und die Haare der Blonden . . . Was wollte ich sagen? Das Grün ist schrecklich, die grüne Kälte ist die schlimmste. Grünes Seegras, nicht wahr, alter Kapitän! Irgend etwas ist mit der Musik der Orgel passiert, der Musiker ist eingeschlafen, mit dem Fuß auf einem Baßpedal, das brummt. Aurelia ißt die Äpfel zu grün, sie machen Bauchweh, der Bauch Aurelias, der nichts von mir getragen hat, und unsere Freuden sind fern. Wenn der Wind schneidend aus dem Osten bläst, rüttelt die Tür von La Barre in ihren verbogenen Angeln, das Dringendste ist, sie festzumachen. Ich habe viele Dinge zu tun und muß auch einen Brief verbrennen. Irgend etwas stimmt nicht mit der Musik der Orgel. Der Organist stimmt nicht oder der Organismus. Der Organismus des Organisten. Nichts ist organisiert, aber man muß leben. Ohne einen Körper wird der andere nicht geboren werden, er wird ein Totgeborener bleiben. Die Sauce Mornay muß mit dem Duft von Schwämmen verfeinert werden. Manche sind giftig. Herr Präsident, ich bitte um Nachsicht für Pierre Delhomeau, er verdient den Tod wie alle andern, aber mit Aufschub. Er hat ein Anrecht auf Aufschub, denn er ist mit der Sorge für die Seele und die großen Pläne seines Nachfolgers betraut, ich könnte sagen seines Bruders. Lassen Sie die Zeugen eintreten, rasch, denn die Kälte wird erschreckend. Selbst der Lärm gefriert. Stille. So langsam ... so schwer ...

Das ist der Tod.

Mit seinem Haifischrachen.

Von der Werkstatt aus, wo er seinen Transporter hingebracht hat, um den linken hinteren Kotflügel ausbeulen zu lassen, hat der Viehhändler das Krankenhaus von Laval angerufen. Er hat gesagt:

»Ich wollte mich nach dem Mann mit dem Verkehrsunfall von heute morgen erkundigen ... Ja, ein Freund ...«

Er hört:

»... alles getan ... leider, das Herz ...«

Er sagt:

»Ach! ... Ja, wenn nichts zu machen war, dann war nichts zu machen ... Besten Dank ...«

Er hängt den Hörer auf. Er streicht sich über die Stirn und lädt den Mechaniker auf ein Glas Weißwein ein. Bei diesem schwülen Wetter hört man wirklich nicht auf zu trinken.

Am nächsten Tag empfängt der Assistent des Krankenhauses von Laval die Frau und bemerkt als erstes die dunklen Ringe um ihre blauen Augen. Er würde gern auf diese unangenehme Aufgabe verzichten, aber wenn die Operationen nicht gelingen, vermeidet der Chef peinliche Zusammentreffen.

Es ist ihm geläufig, welche Worte man sagen und welche Haltung man einnehmen muß; dennoch fühlt er sich dieser Frau gegenüber, die nicht weint, weniger sicher als sonst. Die Schönheit verleiht dem Unglück eine bestürzende Dimension.

Er stottert ein wenig.

»... alles getan, was man ... menschenmöglich ... unvermeidliche Komplikationen ... das Herz ... sehr großer Verlust ... erschütterndes Drama, heute leider allzu häufig ... natürlich stehe ich zu Ihrer Verfügung ...«

Dann begibt er sich auf festeren Grund:

»Jedenfalls kann ich Ihnen versichern, daß er nicht gelitten hat. Medizinisch gesprochen war er sofort tot. Er hat keine Zeit gehabt, sich über etwas klarzuwerden.«

Die Frau dankt ihm. Sie ist im Begriff zu gehen, als sich der Assistent an etwas erinnert:

»Wir haben bei ihm einen Brief gefunden, der an Sie adressiert ist. Den wollte ich Ihnen persönlich übergeben.«